O CÃO DOS BASKERVILLE

Arthur Conan Doyle

O Cão dos Baskerville

TRADUÇÃO
UBK Publishing House

ubook UBK Publishing House

COPIDESQUE André Caniato
REVISÃO William Bastos | Gregory Neres
CAPA E PROJETO GRÁFICO Bruno Santos
IMAGEM DA CAPA Silhueta: Oleg Yakovlev/Shutterstock
Fundo: gstudioimagen/Freepik

Dados Internacionais de Catalogação na Publicação (CIP)
(Câmara Brasileira do Livro, SP, Brasil)

Doyle, Arthur Conan, 1859-1930
O cão dos Baskerville / Arthur Conan Doyle ; tradução UBK Publishing House. -- Rio de Janeiro : Ubook Editora, 2020.

Título original: The hound of the Baskervilles
ISBN 978-65-86032-47-5

1. Ficção policial e de mistério (Literatura inglesa) 2. Holmes, Sherlock (Personagem fictício)
I. Título.

20-35897 CDD-823.0872

Ubook Editora S.A
Av. das Américas, 500, Bloco 12, Salas 303/304,
Barra da Tijuca, Rio de Janeiro/RJ.
Cep.: 22.640-100
Tel.: (21) 3570-8150

Meu caro Robinson,

Este conto deve sua criação ao seu relato de uma lenda de West Country. Por isso e por sua ajuda nos detalhes, obrigado.

Atenciosamente,
A. Conan Doyle.

Hindhead,
Haslemere.

CAPÍTULO 1

SR. SHERLOCK HOLMES

O sr. Sherlock Holmes, que geralmente acordava muito tarde, salvo pelas ocasiões não raras em que passava a noite acordado, estava sentado à mesa do café da manhã. Parei no tapete da lareira e peguei a bengala que nosso visitante havia deixado para trás na noite anterior. Era um belo pedaço de madeira, firme e com uma peça bulbosa, do tipo conhecido como *Penang lawyer*. Logo abaixo do punho havia um anel prateado com quase um centímetro de diâmetro. Nele, os dizeres "Para James Mortimer, M.R.C.S., de seus amigos do C.C.H." estavam gravados com a data "1884". Era uma dessas bengalas usadas por famílias clássicas — digna, sólida e tranquilizadora.

— Bem, Watson, o que acha?

Holmes estava sentado de costas para mim, e eu não lhe dera nenhum sinal de ter chegado ali.

— Como sabia o que eu estava fazendo? Deve ter olhos na parte de trás da cabeça.

— Tenho, pelo menos, um bule de prata bem polido na minha frente

— disse ele. — Mas diga-me, Watson, o que achou da bengala de nosso visitante? Como tivemos a infelicidade de não recebê-lo e não temos noção de seu objetivo, essa lembrança acidental se torna importante. Quero ouvi-lo reconstruir o homem por meio de um exame do objeto.

— Acho — disse eu, seguindo, tanto quanto pude, os métodos de meu companheiro — que o dr. Mortimer é um médico idoso e bem-sucedido, muito querido, já que quem o conhece lhe dá presentes como demonstração de apreço.

— Ótimo! — disse Holmes. — Excelente!

— Acho também que a probabilidade está a favor de ele gostar muito de andar a pé pelo campo.

— Por quê?

— Porque a bengala, embora fosse originalmente muito bonita, está tão desgastada que mal consigo imaginar alguém a carregando pela cidade. A virola de ferro está gasta, evidenciando a quantidade de caminhadas que a pessoa faz com ela.

— Perfeito! — disse Holmes.

— E então temos a inscrição "amigos do C.C.H.". A sigla só pode significar o clube de caça local a cujos membros ele possivelmente deu alguma assistência médica, e que agora lhe deu um pequeno presente em troca.

— Ora, Watson, você se superou — disse Holmes, empurrando a cadeira para trás e acendendo um cigarro. — Sou obrigado a dizer que, em todos os relatos que você fez a gentileza de escrever sobre as minhas pequenas realizações, você subestimou suas próprias habilidades. Pode ser que você não seja exatamente brilhante, mas é um condutor de luz. Algumas pessoas, sem possuir genialidade, têm um poder notável de estimulá-la. Confesso, meu caro amigo, que estou muito em dívida com você.

Ele nunca tinha dito isso antes, e devo admitir que aquelas palavras me deram grande prazer, pois, muitas vezes, eu fora picado pela indiferença dele à minha admiração e às tentativas que eu havia feito para divulgar seus métodos. Fiquei orgulhoso também em pensar que eu havia dominado o sistema dele a ponto de aplicá-lo para merecer sua aprovação. Ele, então, tomou a bengala de minhas mãos e a examinou por alguns minutos a olho nu. Depois, com uma expressão de interesse, deixou o cigarro de lado e, carregando a bengala até à janela, voltou a examiná-la com uma lente convexa.

— Interessante, mas elementar — disse ele ao retornar a seu canto preferido, o do sofá. — Há uma ou duas indicações na madeira. Dá-nos a base para várias deduções.

— Alguma coisa me escapou? — perguntei com certa autoimportância. — Confio não ter ignorado nada importante?

— Receio, caro Watson, que a maioria das suas conclusões esteja errada. Quando disse que você me estimulou, eu quis dizer, para ser franco, que, ao notar suas falácias, fui ocasionalmente guiado para a verdade. Não que você esteja completamente errado nesse caso. O homem certamente anda muito pelo campo.

— Então eu estava certo.

— Até esse ponto.

— Mas isso foi tudo.

— Não, não, meu caro Watson, não tudo. De forma alguma. Eu sugeriria, por exemplo, que um presente para um médico vem mais provavelmente de um hospital em vez de um clube de caça, e que quando as iniciais "c.c." são colocadas antes de "hospital", as palavras "Charing Cross" se sugerem de forma muito natural.

— Talvez tenha razão.

— A probabilidade está nessa direção. E se tomarmos isto como uma hipótese de trabalho, temos uma nova base para começar nossa construção desse visitante desconhecido.

— Bem, então, supondo que "C.C.H." signifique "Charing Cross Hospital", que outras inferências podemos tirar daí?

— E você não sabe? Já conhece meus métodos. Aplique-os!

— Só consigo pensar na conclusão óbvia de que o homem atendeu pacientes na cidade antes de ir para o campo.

— Acho que podemos nos aventurar um pouco mais do que isso. Veja bem: em que ocasião seria mais provável que um presente assim fosse dado? Quando é que amigos se uniriam para dar uma demonstração de boa vontade? Obviamente, no momento em que o dr. Mortimer se despediu do hospital para começar a atender por conta própria. Nós sabemos que houve um presente. Acreditamos que tenha havido uma mudança do hospital na cidade para consultas no campo. Seria exagerado supor que o presente foi dado por ocasião dessa mudança?

— Parece mesmo provável.

— Ora, você vai observar que ele não poderia estar na equipe do hospital, já que apenas um homem estabelecido em uma clínica londrina poderia ocupar tal posição, e uma pessoa assim não iria para o campo. O que era ele, então? Se estava no hospital e não fazia parte da equipe médica, só podia ser um médico residente, pouco mais do que um estudante. E ele saiu há cinco anos, a data está na bengala. Então esse médico sério e de meia-idade simplesmente desaparece, meu caro Watson, e surge em seu lugar um jovem com menos de trinta anos, amável, sem ambições, distraído e possuidor de um cão, que devo descrever como maior que um terrier e menor que um mastim.

Ri-me incredulamente quando Sherlock Holmes se inclinou no sofá e soprou pequenos anéis de fumaça em direção ao teto.

— Quanto à última parte, não tenho meios de verificar — disse eu —, mas pelo menos não é difícil descobrir detalhes sobre a idade e a carreira profissional do homem.

De minha pequena prateleira de livros de Medicina, peguei o Diretório médico e procurei o nome. Havia vários Mortimer, mas apenas um podia ser nosso visitante. Li a descrição em voz alta.

> Mortimer, James, M.R.C.S., 1882, Grimpen, Dartmoor, Devon. Cirurgião residente de 1882 a 1884 no hospital de Charing Cross. Vencedor do prêmio Jackson de patologia comparativa com o ensaio intitulado "Seria a doença uma reversão?". Membro correspondente da Sociedade Sueca de Patologia. Autor de "Alguns problemas do atavismo" (*Lancet*, 1882). "Estamos progredindo?" (*Journal of Psychology*, março, 1883). Médico oficial dos distritos de Grimpen, Thorsley e High Barrow.

— Não há menção ao clube de caça, Watson — disse Holmes com

um sorriso malicioso —, mas de um médico do campo, como você observou muito astutamente. Acho que estou justificado em minhas inferências. Quanto aos adjetivos, se bem me lembro, amável, sem ambições e distraído. É minha experiência que apenas um homem amável recebe presentes neste mundo, apenas alguém sem ambições abandona uma carreira londrina pelo campo, e apenas uma pessoa distraída deixa sua bengala, e não um cartão de visita, depois de esperar uma hora pela chegada de alguém.

— E o cão?

— Tem o hábito de carregar a bengala para o dono. Como é pesada, o cachorro segurou-a firmemente pelo meio, e as marcas dos dentes são muito bem visíveis. O maxilar do animal, como podemos ver no espaço entre essas marcas, é grande demais, na minha opinião, para um terrier, mas não grande o bastante para um mastim. Pode ser... Sim, ora essa, *é* um spaniel de pelo enrolado.

Ele tinha se levantado e começado a andar pela sala enquanto falava. Agora ele estava parado no recesso da janela. Havia um tom tão grande de convicção em sua voz que fiquei surpreso.

— Meu caro amigo, como pode ter tanta certeza disso?

— Pela razão muito simples de eu estar vendo o próprio cachorro à nossa porta, e este é o dono tocando a campainha. Não saia daí, por favor, Watson. Ele é seu colega de profissão. Sua presença pode me ajudar. Agora é o momento dramático do destino, Watson, quando ouvimos passos de alguém prestes a entrar nas nossas vidas e não temos como saber se é para o bem ou para o mal. O que o dr. James Mortimer, um homem da ciência, pode querer de Sherlock Holmes, o especialista em crimes? Entre!

A aparência do visitante foi uma surpresa para mim, que esperava um típico morador do campo. Ele era um homem muito alto e magro, com um nariz comprido como um bico que saltava por entre dois olhos aguçados e cinzentos, muito próximos e brilhantes por trás de um par de óculos de aro dourado. Ele estava vestido de forma profissional, mas um pouco desleixada, pois o casaco estava sujo, e as calças, desfiadas. Embora fosse jovem, as costas já estavam curvadas, e ele andava com um ar de benevolência. Quando entrou, seus olhos caíram sobre a bengala na mão de Holmes, e ele correu em direção a ela com uma exclamação de alegria.

— Estou muito contente — disse. — Não me lembrava se a tinha deixado aqui ou na agência. Não perderia essa bengala por nada.

— Foi um presente, pelo que vejo — disse Holmes.

— Sim, senhor.

— Do hospital de Charing Cross?

— De um ou dois amigos de lá na ocasião de meu casamento.

— Entendo. Que pena! — disse Holmes, balançando a cabeça.

O dr. Mortimer piscou atrás dos óculos, em leve espanto.

— Pena?

— O senhor acabou com nossas pequenas deduções. Então foi casamento?

— Sim, senhor. Casei-me e deixei o hospital, e com ele todas as esperanças de um consultório. Era necessário fazer um lar para mim.

— Ora, ora, afinal não estamos tão errados — disse Holmes. — E agora, dr. James Mortimer...

— Senhor, sou um humilde M.R.C.S.

— E um homem de mente precisa, evidentemente.

— Um homem da ciência, sr. Holmes. Um apanhador de conchas na costa do grande oceano do desconhecido. Presumo que é ao sr. Sherlock Holmes que estou me dirigindo, e não...

— Não, este é meu amigo, dr. Watson.

— Prazer em conhecê-lo, senhor. Ouvi seu nome mencionado em ligação ao do seu amigo. O senhor me interessa muito, sr. Holmes. Não esperava encontrar um crânio tão dolicocefálico nem um desenvolvimento supraorbital tão bem marcado. Teria alguma objeção a eu passar o dedo pela sua fissura parietal? Um molde de seu crânio, senhor, até que o original esteja disponível, seria um ornamento para qualquer museu antropológico. Não quero falar demais, mas confesso que adoraria ter seu crânio.

Sherlock Holmes acenou para que nosso estranho visitante se sentasse.

— Percebo que o senhor é um entusiasta em sua área, assim como sou na minha — disse ele. — Observo pelo seu indicador que o senhor faz os próprios cigarros. Não hesite em acender um.

O homem tirou papel e tabaco do bolso e enrolou um no outro com uma destreza surpreendente. Ele tinha dedos longos e trêmulos, ágeis e agitados como as antenas de um inseto.

Holmes ficou em silêncio, mas seus olhares me mostraram o interesse que ele tinha por nosso curioso companheiro.

— Presumo, senhor — disse ele, finalmente — que não foi apenas com o propósito de examinar meu crânio que me deu a honra de me visitar ontem à noite e, mais uma vez, hoje?

— Não, senhor, não. Embora eu esteja feliz por ter a oportunidade de fazer isso. Vim até o senhor, sr. Holmes, porque reconheci que sou um homem pouco prático, e me vi repentinamente confrontado com um problema muito sério e extraordinário. Reconhecendo que o senhor é o segundo maior especialista da Europa...

— De fato, senhor! Posso perguntar quem tem a honra de ser o primeiro? — perguntou Holmes com certa aspereza.

— Para o homem de mente precisamente científica, o trabalho de M. Bertillon sempre terá um forte apelo.

— Então não seria melhor tê-lo consultado?

— Eu disse, senhor, para a mente precisamente científica. Porém, como homem prático de negócios, reconheço o senhor como o maioral. Espero não ter...

— Só um pouco — disse Holmes. — Penso, dr. Mortimer, que seria melhor me dizer, sem mais delongas, qual é a natureza exata do problema para o qual pede minha ajuda.

CAPÍTULO 2

A MALDIÇÃO DOS BASKERVILLE

— Tenho no meu bolso um manuscrito — disse o dr. James Mortimer.

— Observei-o quando entrou na sala — disse Holmes.

— É um manuscrito antigo.

— Início do século XVIII, a menos que seja uma falsificação.

— Como pode dizer isso, senhor?

— Um ou dois centímetros ficaram à mostra para meu exame durante todo o tempo em que conversamos. Seria muita ignorância de um perito que não pudesse datar um documento a uma década aproximada. É possível que o senhor tenha lido minha pequena monografia sobre o assunto. Acredito que seja de 1730.

— A data exata é 1742. — O dr. Mortimer tirou-o do bolso. — Este jornal de família foi entregue aos meus cuidados pelo sir Charles Baskerville, cuja morte súbita e trágica há cerca de três meses criou muita agitação em Devonshire. Posso dizer que era seu amigo pessoal, assim como seu médico. Ele era um homem de mente firme, senhor, astuto, prático e tão pouco imaginativo quanto eu. No entanto, levava este documento muito a sério, e sua mente estava preparada para o derradeiro fim.

Holmes estendeu a mão para o manuscrito e achatou-o sobre o joelho.

— Vai observar, Watson, o uso alternado do "s" longo e curto. É uma das várias indicações que me permitiram deduzir a data aproximada.

Olhei por cima do ombro dele para o papel amarelado e para o texto desbotado. No topo estava escrito "Baskerville Hall" e abaixo, em números grandes, "1742".

— Parece ser algum tipo de história.

— Sim, é o relato de uma certa lenda que corre pela família Baskerville.

— Mas entendo que o senhor gostaria de me consultar sobre algo mais moderno e prático...

— Mais moderno, impossível. Um assunto prático e urgente que deve ser decidido em 24 horas. Mas o manuscrito é curto e está intimamente ligado ao caso. Com sua permissão, vou ler o conteúdo em voz alta.

Holmes encostou-se na poltrona, uniu a ponta dos dedos e fechou os olhos com um ar de resignação. O dr. Mortimer virou o manuscrito em direção à luz e leu em voz alta a seguinte curiosa narrativa do velho mundo:

> Muito se falou sobre a origem do cão dos Baskerville, porém, como venho de uma linha direta de Hugo Baskerville, e como ouvi a história de meu pai, que também ouviu do pai dele, eu a escrevi com toda a convicção de que aconteceu exatamente como exposto nestas páginas, e gostaria muito que vocês acreditassem, meus filhos, que a mesma Justiça que pune o pecado pode também perdoá-lo, e que nenhuma proibição é tão pesada que não possa ser removida por meio da fé e do arrependimento. Não aprenda com esta história, portanto, a temer os frutos do passado, mas sim a tomar cuidado no futuro, para que as paixões imundas com que nossa família sofreu tão gravemente não voltem a ser nossa ruína.
>
> Saibam, então, que no tempo da Grande Rebelião — e recomendo muito sinceramente a atenção à história que ouviram do sábio Lord Clarendon —, esta mansão de Baskerville pertencia ao Hugo com esse nome, e não pode ser dito que ele era um homem selvagem, profano ou sem Deus no coração. Isso, na verdade, poderia ter sido perdoado pelos

vizinhos, visto que os santos nunca floresceram naquelas partes, mas havia nele um humor irresponsável e cruel que fez seu nome conhecido no Oeste. Aconteceu que o mesmo Hugo caiu de amores — se é que uma paixão tão sombria pode ser conhecida pelo nome de "amor" — pela filha de um guarda real com terras próximas à propriedade Baskerville, mas a jovem donzela, discreta e de boa reputação, só fazia evitá-lo, pois temia seu nome maligno. Foi então que, em uma festa de são Miguel, Hugo, com cinco ou seis de seus companheiros ociosos e perversos, invadiu a fazenda e levou a moça quando o pai e os irmãos dela ainda estavam em casa, como ele bem sabia. Quando a trouxeram para o salão, ela foi colocada em um quarto do andar superior enquanto Hugo e seus amigos festejavam, como era de seu costume noturno. A pobre moça agora só podia ouvir a cantoria e os gritos terríveis que vinham de baixo, pois dizem que as palavras usadas por Hugo Baskerville, embriagado, eram tais que podiam arruinar um homem. Finalmente, dominada pelo medo, ela agiu de forma que poderia ter assustado o homem mais corajoso ou mais ativo, pois, com a ajuda da hera que cobria — e ainda cobre — a parede sul, ela desceu e rumou para casa através da charneca, com quinze quilômetros de distância entre a casa e a fazenda de seu pai.

Pouco tempo depois, Hugo deixou os convidados para levar comida e bebida — com outras coisas piores, talvez — até o cativeiro, encontrando a gaiola vazia depois da fuga do pássaro. Então, ao que parece, ele se tornou meio-demônio, pois, descendo as escadas para a sala de jantar, saltou sobre a mesa, lançando garrafas e tábuas pelo ar, e proclamou em voz alta, diante de toda a companhia, que ele iria naquela mesma noite render o corpo e a alma aos Poderes do Mal para alcançar a jovem. E enquanto os foliões ficavam espantados diante da fúria do homem, um mais perverso ou, talvez, mais bêbado do que os outros, gritou que deviam soltar os cães atrás dela. Diante disso, Hugo saiu correndo da casa, gritando para que selassem sua égua e preparassem a matilha e, oferecendo aos cães um lenço da amada, ele os pôs ao trabalho e saiu gritando pelo luar da charneca.

Os foliões passaram um tempo espantados, incapazes de compreender tudo o que tinha acontecido com tanta pressa. Pouco tempo depois, porém, perceberam a natureza do que seria feito na charneca. Tudo estava agora em alvoroço, alguns chamando por suas pistolas, outros, por seus cavalos, e outros, por outro frasco de vinho. Mas, com esforço, algum senso voltou às mentes loucas, e todo o grupo, treze em número, tomou os cavalos e começou a perseguição. A lua brilhava acima deles, e eles cavalgaram rapidamente, seguindo a direção que a donzela teria tomado para chegar à própria casa.

Haviam percorrido dois ou três quilômetros quando passaram por um dos pastores noturnos da charneca e gritaram-lhe para saber se ele tinha visto a caçada. E o homem, como diz a história, estava tão amedrontado que mal podia falar, mas finalmente disse que tinha visto, sim, a infeliz donzela, com os cães de caça em seu encalço. "Mas eu vi mais do que isso", disse ele, "pois Hugo Baskerville passou por mim em sua égua negra, e atrás dele vinha em silêncio um cão infernal que, Deus me perdoe, espero nunca ver nos meus calcanhares". Então os escudeiros bêbados xingaram o pastor e seguiram em frente. No entanto, sentiram logo um arrepio, pois ouviram um galope pela charneca, e a égua preta, babando espuma branca, passou arrastando as rédeas e sem ninguém sobre a sela. Os foliões, então, aproximaram-se um do outro, pois havia grande medo entre eles, mas ainda seguiram pela charneca, ainda que cada um, se estivesse sozinho, teria ficado feliz de mudar a direção do cavalo. Dessa forma, viram finalmente os cães de caça. Todos eles, embora conhecidos por seu valor e sua raça, estavam ganindo à beira de uma profunda ravina ou garganta, como chamamos, na charneca, alguns se afastando do local e outros, com pelos arrepiados e olhos arregalados, contemplando o vale estreito que havia diante de si.

A companhia tinha parado já mais sóbria, como vocês podem adivinhar, do que no começo. A maioria deles não queria avançar, mas três, os mais ousados, ou talvez os mais bêbados, cavalgaram adiante, garganta abaixo. Ela se abria em um amplo espaço onde se encontravam duas daquelas grandes pedras, ainda naquele mesmo lugar, colocadas por povos esquecidos nos tempos antigos. A lua brilhava sobre a clareira, e lá, no centro, estava a infeliz mulher, imóvel, morta de medo e de cansaço. Mas não foi a visão do corpo, nem ainda a de Hugo Baskerville, deitado ao lado dela, que levantou os cabelos daqueles três foliões ousados, mas foi que, de pé sobre Hugo e devorando-lhe a garganta, havia uma coisa suja, uma fera preta e gigantesca com a forma de um cão de caça, mas maior do que qualquer outro sobre o qual possa ter caído um olhar mortal. E enquanto viam a coisa arrancar a garganta de Hugo Baskerville, ela virou os olhos brilhantes e as mandíbulas pingando para eles, que gritaram de medo e cavalgaram como se não houvesse amanhã, ainda gritando, pela charneca. Um, dizem, morreu naquela mesma noite, e os outros dois nunca conseguiram se recuperar.

Eis a história, meus filhos, da chegada do cão que dizem tanto ter atormentado a família desde então. Se a conto aqui é porque o que é conhecido traz menos medo do que aquilo que é apenas insinuado e imaginado. Tampouco podemos negar que muitos da família tenham sido infelizes em suas mortes repentinas, sangrentas e misteriosas. Ainda assim, refugiemo-nos na infinita bondade da Providência, que não castigaria para sempre os inocentes além da terceira ou quarta geração ameaçada pela Sagrada Escritura. A essa Providência, meus filhos, eu entrego vocês, e aconselho, por prudência, a não atravessar a charneca durante as horas escuras em que os poderes do mal são exaltados.

[De Hugo Baskerville para seus filhos, Rodger e John, com instruções de não contarem nada à sua irmã Elizabeth.]

Quando o dr. Mortimer terminou de ler a narrativa singular, ele endireitou os óculos e olhou fixamente para o sr. Sherlock Holmes. Este bocejou e jogou a ponta do cigarro no fogo.

— E então? — perguntou ele.

— Não acha isso interessante?

— Para um colecionador de contos de fadas.

O dr. Mortimer tirou um jornal dobrado do bolso.

— Agora, sr. Holmes, vamos dar ao senhor uma coisa um pouco mais recente. Este é a edição do *Devon County Chronicle* de 14 de maio deste ano. É um breve relato dos fatos apurados na morte de sir Charles Baskerville, que ocorreram alguns dias antes dessa data.

Meu amigo se inclinou um pouco para a frente, e sua expressão se intensificou. Nosso visitante reajustou os óculos mais uma vez e começou:

A recente e repentina morte de sir Charles Baskerville, cujo nome foi mencionado como provável candidato liberal a Mid-Devon nas próximas eleições, trouxe a tristeza ao condado. Embora sir Charles tenha residido em Baskerville Hall por um período relativamente curto, sua amabilidade e a sua extrema generosidade ganharam o afeto e respeito de todos aqueles que tiveram contato com ele. Em tempos de *noveaux riches*, é muito bom encontrar um caso em que o herdeiro de uma antiga família que teve seus maus bocados seja capaz de fazer a própria fortuna e trazê-la de volta consigo para restaurar a grandeza de sua linhagem. Sir Charles, como é bem sabido, ganhou muito dinheiro em especulações sul-africanas. Mais sábio do que aqueles que continuam até que a roda gire contra eles, ele percebeu o que havia ganhado e voltou à Inglaterra. Apenas dois anos se passaram depois de assumir a residência em Baskerville Hall, e muito se fala dos esquemas de reconstrução e melhoria interrompidos pela morte. Sem filhos, era seu desejo que toda a região se beneficiasse, enquanto estivesse vivo, de sua boa fortuna, e muitos terão motivos pessoais para lamentar o fim prematuro do homem. Suas generosas doações para instituições de caridade locais e do condado têm sido frequentemente citadas em nossas colunas.

Não podemos dizer que as circunstâncias ligadas à morte de sir Charles tenham sido completamente esclarecidas pela investigação, mas o suficiente foi feito para, pelo menos, eliminar os rumores aos quais a superstição local deu origem. Não há razão para suspeitar de desonestidade ou imaginar que a morte possa ser de qualquer outra causa que não natural. Sir Charles era viúvo, e um homem de hábitos que podem ser descritos como, de certa forma, excêntricos. Apesar da considerável riqueza, ele era simples em seus gostos pessoais, e os criados em Baskerville Hall consistiam de um casal chamado Barrymore, com o marido trabalhando como mordomo e a esposa como governanta. Suas evidências, corroboradas por vários amigos, tendem a mostrar que a saúde de sir Charles não estava boa já há algum tempo, e aponta em especial para alguma doença do coração, manifestando-se em mudanças de cor, falta de ar e ataques agudos de depressão nervosa. O dr. James

Mortimer, amigo e médico do falecido, deu provas do mesmo efeito.

Os fatos do caso são simples. Sir Charles Baskerville tinha o hábito de, todas as noites antes de ir para a cama, caminhar pela famosa viela dos teixos de Baskerville Hall. As provas dos Barrymore mostram que esse era um costume. No dia 4 de maio, sir Charles declarou a intenção de partir para Londres no dia seguinte e ordenou a Barrymore que preparasse sua bagagem. Naquela noite, ele saiu como de costume para seu passeio noturno, durante o qual tinha o hábito de fumar um charuto. Nunca mais voltou. Às doze horas, Barrymore, encontrando a porta da casa ainda aberta, ficou alarmado e, acendendo uma lanterna, saiu em busca do mestre. O dia tinha sido úmido, e as pegadas de sir Charles podiam ser facilmente rastreadas pela viela. No meio do caminho, há um portão que leva à charneca. Havia indícios de que sir Charles havia passado algum tempo ali. Ele então prosseguiu até o fim, onde o corpo foi descoberto. Um fato que não foi explicado é a afirmação de Barrymore de que as pegadas de seu mestre mudavam de aspecto depois da porta da charneca, e de que, daquele ponto em diante, ele parecia ter caminhado sobre as pontas dos pés. Murphy, um negociante de cavalos ciganos, estava na charneca a pouca distância, naquele momento, mas parece ter estado completamente bêbado. O homem declara ter ouvido gritos, mas não consegue dizer de que direção eles vieram. Nenhum sinal de violência foi descoberto na pessoa de sir Charles e, embora as evidências do médico apontem para uma quase inacreditável distorção facial — tão grande que o dr. Mortimer, em um primeiro momento, recusou-se a acreditar que aquele era de fato seu amigo e paciente —, isso foi explicado como um sintoma que não é incomum em casos de dispneia e morte por exaustão cardíaca. Essa explicação foi confirmada pelo exame *post mortem*, que revelou uma doença orgânica de longa data, e o médico legista apresentou um veredito de acordo com as provas médicas. É bom que seja assim, pois é obviamente da maior importância que o herdeiro de sir Charles se instale na residência e continue o bom trabalho que foi interrompido tão tristemente. Se a prosaica descoberta do médico legista não tivesse finalmente posto um fim às histórias românticas sussurradas em relação ao caso, poderia ter sido difícil encontrar um inquilino para Baskerville Hall. Entende-se que o parente mais próximo seja o sr. Henry Baskerville, se ainda estiver vivo: filho do irmão mais novo de sir Charles Baskerville. Da última vez que se ouviu falar dele, o jovem estava na América, e estão providenciando a mensagem que o avisará do acontecido.

O dr. Mortimer redobrou o papel e o guardou no bolso.

— Estes são os fatos públicos, sr. Holmes, relacionados à morte de sir Charles Baskerville.

— Obrigado — disse Sherlock Holmes — por chamar minha atenção a um caso que certamente apresenta características de interesse. Cheguei a notar alguns comentários nos jornais da época, mas estava extremamente preocupado por aquele pequeno caso dos camafeus do Vaticano e, em minha ansiedade de ajudar o Papa, perdi contato com vários casos ingleses interessantes. O senhor afirma que esse artigo contenha todos os fatos públicos?

— Sim.

— Então vamos ouvir os particulares.

Ele se inclinou, juntou a ponta dos dedos e assumiu sua expressão mais impassível e judicial.

— Ao fazer isso — disse o dr. Mortimer, que começara a mostrar sinais de forte emoção —, estarei contando coisas que não confidenciei a ninguém. Meu motivo para ocultar o que direi do médico legista é que um homem da ciência evita se colocar na posição pública de parecer acreditar em uma superstição popular. Além do mais, Baskerville Hall, como diz o jornal, certamente permaneceria sem dono se alguma coisa fosse feita para aumentar sua já sombria reputação. Por essas duas razões, achei justificado contar um pouco menos do que sabia, já que nenhum bem prático poderia resultar disso, mas, com vocês, não há razão para não ser perfeitamente franco.

"A charneca é muito pouco habitada, e os vizinhos se conhecem muito bem. Por esse motivo, sir Charles Baskerville e eu nos víamos muito. Com exceção do sr. Frankland, de Lafter Hall, e do sr. Stapleton, o naturalista, não há outros homens de educação por um raio de muitos quilômetros. Sir Charles era um homem aposentado, mas o acontecimento de sua doença nos uniu, e uma comunidade de interesses na ciência manteve nossa amizade. Ele trouxera consigo muita informação científica da África do Sul, e passamos muitas noites encantadoras discutindo a anatomia comparativa do sertanejo e do hotentote.

"Nos últimos meses, ficou cada vez mais claro para mim que o sistema nervoso de sir Charles estava no limite. Ele acreditava piamente na lenda que li para os senhores com muita atenção, tanto que, embora fosse andar por sua própria propriedade, nada o induziria a sair à noite para a charneca. Por incrível que pareça, sr. Holmes, ele estava honestamente convencido de que um destino horrível pairava sobre sua família, e certamente os registros que foi capaz de encontrar sobre seus antepassados não eram encorajadores. A ideia de alguma presença horrível o assombrava constantemente, e em mais de uma ocasião ele me perguntou se em minhas viagens médicas noturnas eu chegara a ver alguma criatura estranha ou ouvir o latido de um cão de caça. Essa última pergunta foi feita várias e várias vezes, sempre com uma voz vibrante de medo.

"Lembro-me bem de visitá-lo à noite umas três semanas antes da fatalidade. Ele estava na porta da casa. Desci de meu trole e parei diante dele quando vi seus olhos se fixarem em algum ponto por cima de meus ombros e encararem alguma coisa atrás de mim com uma expressão do mais profundo horror. Virei-me e tive apenas tempo de ter um vislumbre do que eu tomei como um grande bezerro preto passando pela estrada. Sir Charles ficou tão agitado que precisei ir até onde o animal estivera e procurar por ele. No entanto, ele não estava mais lá, e o incidente pareceu ter causado a pior impressão na mente de meu amigo. Passei a noite ao seu lado, e foi nessa ocasião, para explicar a emoção que havia demonstrado, que ele confiou a mim a narrativa que li para o senhor. Menciono esse episódio porque ele assume alguma importância em vista da tragédia que se seguiu, mas, naquela altura, eu estava convencido de que o assunto era totalmente trivial, e que a agitação não apresentava qualquer justificação.

"Era a meu conselho que sir Charles estava prestes a ir para Londres.

Seu coração estava, como eu sabia, afetado, e a constante ansiedade em que vivia, por mais quimérica que fosse a causa, estava evidentemente tendo um efeito sério sobre a sua saúde. Pensei que alguns meses entre as distrações da cidade fariam dele um novo homem. O sr. Stapleton, um amigo mútuo que estava muito preocupado com o estado de saúde de sir Charles, era da mesma opinião. No último instante, esta terrível catástrofe aconteceu.

"Na noite da morte de sir Charles, Barrymore, o mordomo que fez a descoberta, enviou Perkins, o cavalariço, até mim, e como eu estava acordado, consegui chegar a Baskerville Hall uma hora depois do evento. Verifiquei e corroborei todos os fatos mencionados no inquérito. Segui os passos pela viela dos teixos, vi o local no portão onde ele parecia ter parado por algum tempo, observei a mudança nas marcas depois daquele ponto, notei que não havia outros passos, exceto os de Barrymore no cascalho, e finalmente examinei cuidadosamente o corpo, que não havia sido tocado até minha chegada. Sir Charles estava deitado de bruços, com os braços estendidos, os dedos enterrados no chão e os traços convulsionados em alguma forte emoção a ponto de tornar difícil a identificação. Não houve ferimentos físicos de nenhum tipo. Porém, uma falsa declaração foi feita por Barrymore no inquérito. Ele disse que não havia vestígios no chão em torno do corpo. Ele não observou nenhum, mas eu sim... a certa distância, frescas e claras."

— Pegadas?

— Pegadas.

— De homem ou mulher?

O dr. Mortimer nos encarou estranhamente por um instante, e sua voz quase se transformou em sussurro na resposta.

— Sr. Holmes, eram as pegadas de um cachorro gigantesco!

CAPÍTULO 3

O PROBLEMA

Confesso que, diante dessas palavras, um arrepio passou por mim. Uma emoção na voz do médico mostrava que o próprio estava profundamente abalado pelo que nos dissera. Holmes se inclinou para a frente, e seus olhos tinham o brilho típico de quando ele estava muito interessado em alguma coisa.

— O senhor viu as pegadas?

— Tão claramente quanto vejo o senhor.

— E não disse nada?

— Por que diria?

— Como foi que mais ninguém as viu?

— Elas estavam a dezoito metros do corpo, e pensaram que não fossem nada demais. Acho que eu teria pensado o mesmo se não conhecesse a lenda.

— Há muitos cães pastores na charneca?

— Sem dúvida, mas esse não era um cão pastor.

— Era grande?

— Enorme.

— Mas não tinha se aproximado do corpo?

— Não.

— Que tipo de noite era?

— Úmida.

— Mas sem chuva?

— Exato.

— Como é a viela?

— Há duas fileiras de sebes de teixo velho, com quatro metros de altura e impenetráveis. O corredor entre eles tem cerca de dois metros e meio de largura.

— Há alguma coisa entre as sebes e o corredor?

— Sim, uma faixa de grama de dois metros de largura em cada lado.

— Entendo que a sebe de teixo seja interrompida por um portão em certo ponto?

— Sim, o portão que leva à charneca.

— Há alguma outra abertura?

— Nenhuma.

— Então, para chegar à viela, é preciso vir da casa ou entrar pelo portão da charneca?

— Há uma saída por um gazebo no fim.

— Sir Charles chegara a ele?

— Não. Estava a cerca de 45 metros dele.

— Agora, diga-me, dr. Mortimer, e isto é importante: as pegadas que viu estavam no corredor, e não na grama?

— Nenhuma pegada poderia ser vista na grama.

— Elas estavam do lado do portão da charneca?

— Sim. Elas estavam em um canto do corredor, do mesmo lado do portão da charneca.

— Muito interessante. Outro ponto. O portão estava fechado?

— Fechado e trancado a cadeado.

— Qual era a altura dele?

— Cerca de um metro e meio.

— Então qualquer pessoa poderia ter passado por cima?

— Sim.

— E que marcas o senhor encontrou junto ao portão?

— Nenhuma em particular.

— Ora essa! Ninguém examinou?

— Sim, eu mesmo examinei.

— E não encontrou nada?

— Foi tudo muito confuso. Sir Charles ficou parado ali claramente por cinco ou dez minutos.

— Como sabe disso?

— Porque as cinzas do charuto tinham caído duas vezes.

— Excelente! Esse é um dos nossos, Watson. Mas e as pegadas?

— Ele deixou as próprias pegadas por todo aquele pequeno trecho de cascalho. Não consegui discernir outras.

Sherlock Holmes bateu a mão no joelho em um gesto de impaciência.

— Se eu estivesse lá! — ele exclamou. — É evidentemente um caso de interesse extraordinário, com imensas oportunidades ao perito científico. A página de cascalho em que tanto poderia ser visto foi há muito manchada pela chuva e desfigurada pelas mãos de curiosos. Ah, dr. Mortimer, dr. Mortimer, e pensar que o senhor não me chamou naquele instante! O senhor tem mesmo muito pelo que responder.

— Eu não poderia tê-lo chamado, sr. Holmes, sem revelar esses fatos ao mundo, e já dei meus motivos para não querer fazer isso. Além disso, além disso…

— Por que hesita?

— Há um reino em que o mais aguçado e experiente dos detetives se torna indefeso.

— Quer dizer que a situação é sobrenatural?

— Não posso confirmar.

— Não, mas é o que pensa.

— Desde a tragédia, sr. Holmes, chegaram-me aos ouvidos vários incidentes difíceis de reconciliar com a ordem estabelecida da Natureza.

— Como o quê?

— Fiquei sabendo que, antes do terrível acontecimento, várias pessoas viram pela charneca uma criatura que corresponde a esse demônio

Baskerville, e que não poderia ser nenhum animal conhecido pela ciência. Todas concordam que seja uma criatura enorme, luminosa, horripilante e espectral. Conversei com essas pessoas, entre elas um camponês cabeça-dura, um ferrador e um agricultor da charneca, todos eles contando a mesma história dessa aparição horrível que corresponde exatamente ao cão infernal da lenda. Garanto que há um reinado de terror na região, e que aquele que atravessa a charneca durante a noite só pode ser um homem extremamente corajoso.

— E o senhor, um homem de ciência, acredita que o caso é sobrenatural?

— Não sei em que acreditar.

Holmes encolheu os ombros.

— Até agora tenho confinado minhas investigações a este mundo — disse ele. — De forma modesta, combati o mal, mas enfrentar o próprio Pai do Mal seria, talvez, uma tarefa ambiciosa demais. Ainda assim, o senhor precisa admitir que a pegada é material.

— O cachorro da lenda era material o suficiente para mastigar a garganta de um homem, e não era menos diabólico por isso.

— Vejo que já está convencido, dr. Mortimer, mas diga-me uma coisa. Se o senhor pensa assim, por que veio me consultar? Diz, no mesmo fôlego, que é inútil investigar a morte de sir Charles, mas que deseja que eu faça exatamente isso.

— Não disse que desejava uma investigação.

— Como posso ajudá-lo, então?

— Aconselhando-me sobre o que fazer com sir Henry Baskerville, que chega à estação de Waterloo — o dr. Mortimer olhou para seu relógio — em exatamente uma hora e vinte e cinco minutos.

— É o herdeiro?

— Sim. Com a morte de sir Charles, procuramos esse jovem cavalheiro e descobrimos que era um fazendeiro no Canadá. Pelos relatos que tivemos, ele é um homem excelente. Falo agora não como médico, mas como administrador e executor do testamento de sir Charles.

— Não há outro reclamante, presumo?

— Nenhum. Só conseguimos localizar um outro parente: Rodger

Baskerville, o caçula de três irmãos dos quais o pobre sir Charles era o mais velho. O segundo irmão, que morreu jovem, é pai de Henry. O terceiro, Rodger, era a ovelha negra da família. Veio da estirpe imperiosa dos Baskerville e era a própria imagem, pelo que dizem, do velho Hugo. A Inglaterra não conseguiu segurá-lo, então fugiu para a América Central e morreu lá, em 1876, de febre amarela. Henry é o último dos Baskerville. Daqui a uma hora e vinte e cinco minutos vou ter com ele à estação de Waterloo. Recebi um telegrama dizendo que ele chegou a Southampton hoje de manhã. Agora, sr. Holmes, o que me aconselha a fazer com ele?

— Por que não haveria de ir para a casa dos pais?

— Parece natural, não parece? E, ainda assim, considere que todos os Baskerville que vão até lá encontram um destino maligno. Tenho certeza de que, se sir Charles pudesse ter falado comigo antes da morte, ele me teria pedido para não trazer o último da velha raça e herdeiro de uma grande riqueza para aquele lugar mortal. No entanto, não podemos negar que a prosperidade de toda a pobre e sombria área rural dependa de sua presença. Todo o trabalho feito por sir Charles cairá por terra se não houver inquilinos na residência. Receio estar influenciado demais pelo meu próprio interesse no assunto, sr. Holmes, e é por isso que apresento-lhe o caso e peço seu conselho.

Holmes considerou por algum tempo.

— Resumindo, a situação é esta — disse ele. — Há uma presença diabólica que faz de Dartmoor uma residência pouco segura para um Baskerville. Essa é a sua opinião?

— Posso dizer, pelo menos, que há provas de que seja esse o caso.

— Exatamente. Porém, se a sua teoria sobrenatural estiver correta, o jovem sofreria desse mal tão facilmente em Londres como em Devonshire. Um diabo com poderes meramente locais seria inconcebível.

— O senhor coloca o assunto de uma forma mais superficial, sr. Holmes, do que provavelmente faria se tivesse contato pessoal com essas coisas. Seu conselho, então, pelo que entendo, é que o jovem estará tão seguro em Devonshire quanto em Londres. Ele chega em cinquenta minutos. O que o senhor recomenda?

— Recomendo que pegue uma carruagem, chame seu *spaniel*, que está arranhando minha porta da frente, e vá até Waterloo para se encontrar com sir Henry Baskerville.

— E depois?

— Depois, não dirá nada a ele antes de eu tomar uma decisão sobre o assunto.

— Quanto tempo vai demorar para fazer isso?

— Vinte e quatro horas. Às dez horas de amanhã, dr. Mortimer, ficarei muito grato se o senhor puder me visitar, e será muito útil se trouxer sir Henry Baskerville consigo.

— Vou fazer isso, sr. Holmes.

Ele rabiscou o compromisso no braço e se apressou em seus modos estranhos e distraídos. Holmes parou-o no topo das escadas.

— Só mais uma pergunta, dr. Mortimer. O senhor diz que, antes da morte de sir Charles Baskerville, várias pessoas viram a aparição na charneca?

— Três pessoas.

— Alguém a viu depois?

— Ainda não ouvi falar de ninguém.

— Obrigado. Tenha um bom dia.

Holmes voltou à poltrona com aquele olhar tranquilo de satisfação interior que significava que ele possuía uma tarefa agradável diante de si.

— Vai sair, Watson?

— A menos que possa ajudá-lo.

— Não, meu caro amigo, é na hora da ação que preciso da sua ajuda. Mas isso é esplêndido, realmente único de certos pontos de vista. Quando passar por Bradley, pode pedir a ele que mande meio quilo do fumo mais forte que tiver? Obrigado. Seria bom se pudesse não voltar antes do anoitecer. Ficarei muito feliz, então, em comparar impressões sobre esse problema interessantíssimo que nos foi apresentado agora de manhã.

Eu sabia que isolamento e solidão eram muito necessários para meu amigo naquelas horas de intensa concentração mental, quando ele pesava cada partícula de evidência, construía teorias alternativas, equilibrava uma contra a outra e decidia quais pontos eram essenciais e quais eram imateriais. Por isso, passei o dia em meu clube, e só retornei a Baker

Street no começo da noite. Eram quase nove horas quando me encontrei mais uma vez na sala de estar.

Minha primeira impressão quando abri a porta foi de que havia um incêndio, pois o cômodo estava tão cheio de fumaça que a luz da lâmpada sobre a mesa se encontrava embaçada. Ao entrar, porém, meus medos se acalmaram, pois foram os vapores acres de tabaco que me pegaram pela garganta e me puseram a tossir. Através da névoa tive uma visão vaga de Holmes em seu roupão, aninhado na poltrona com o cachimbo de barro preto entre os lábios. À sua volta, estavam vários rolos de papel.

— Está resfriado, Watson? — perguntou-me.

— Não, é essa atmosfera venenosa.

— Acho que a fumaça está mesmo exagerada.

— Exagerada?! É intolerável.

— Abra a janela, então! Percebo que estava no clube.

— Holmes!

— Estou certo?

— Certamente, mas como?

Ele riu de minha expressão desconcertada.

— Há um excelente frescor em você, Watson, dando-me grande prazer ao exercer quaisquer pequenos poderes possíveis às suas custas. Um homem sai em um dia chuvoso e lamacento, mas retorna imaculado à noite, com brilho no chapéu e nas botas. Ele passou o dia, portanto, em um só lugar. Não é um homem com amigos íntimos. Onde, então, ele poderia ter estado? Não é óbvio?

— Creio que sim.

— O mundo está cheio de coisas óbvias que ninguém chega a observar. Onde acha que estive?

— Aqui?

— Pelo contrário. Estava em Devonshire.

— Em espírito?

— Exatamente. Meu corpo ficou nesta poltrona e, lamento observar, consumiu na minha ausência dois grandes bules de café e uma quantidade incrível de tabaco. Depois que você saiu, pedi a Stamford o mapa dessa área da charneca, e meu espírito pairou sobre ela o dia todo. Ouso dizer que consegui encontrar o caminho.

— Um mapa em grande escala, presumo?

— Muito grande.

Ele desenrolou uma seção e a segurou sobre o joelho.

— Aqui está o distrito específico que nos diz respeito. Esta é Baskerville Hall, no meio.

— Com um bosque em volta?

— Exatamente. A viela dos teixos, embora não esteja marcada com esse nome, deve se estender ao longo desta linha, com a charneca, como pode ver, à direita. Este pequeno aglomerado de casas é a aldeia de Grimpen, onde nosso amigo, dr. Mortimer, pode ser encontrado. Em um raio de oito quilômetros, como vê, há apenas algumas poucas habitações dispersas. Esta é Lafter Hall, mencionada na narrativa. Há aqui uma casa que pode ser a residência do naturalista... Stapleton, se bem me lembro, era o nome dele. Aqui estão duas fazendas, High Tor e Foulmire. Depois, a 23 quilômetros de distância, a grande prisão de Princetown. Entre e em torno desses pontos dispersos se estende a charneca desolada e sem vida. Este, então, é o palco sobre o qual a tragédia foi apresentada, e sobre o qual poderemos ajudar a apresentá-la mais uma vez.

— Deve ser um lugar selvagem.

— Sim, o cenário é digno. Se o diabo quisesse ter uma mão nos assuntos humanos...

— Então você mesmo está inclinado à explicação sobrenatural.

— Os agentes do diabo podem ser de carne e osso, não podem? Há duas perguntas à nossa espera. A primeira é se algum crime foi cometido, e a segunda é qual foi esse crime, e como ele foi cometido. É claro que, se a suposição do dr. Mortimer estiver correta e estivermos lidando com forças fora das leis comuns da natureza, teremos aí o fim da investigação. Mas somos obrigados a esgotar todas as outras hipóteses antes de cairmos nessa. Vamos fechar a janela de novo, se não se importa. É singular, mas acredito que uma atmosfera concentrada ajude na concentração do pensamento. Ainda não cheguei ao ponto de entrar em uma caixa para pensar, mas esse é o resultado lógico das minhas convicções. Já pensou sobre o caso?

— Sim, pensei muito nele ao longo do dia.

— O que acha dele?

— Muito desconcertante.

— Tem, certamente, um caráter próprio. Há pontos de distinção sobre ele. Essa mudança nas pegadas, por exemplo. O que acha disso?

— Mortimer disse que o homem andou na ponta dos pés por aquela parte da viela.

— Ele só repetiu o que um tolo disse no inquérito. Por que um homem andaria na ponta dos pés pela viela?

— Qual é a explicação?

— Ele estava correndo, Watson. Correndo desesperadamente, correndo por sua vida, correndo até arrebentar o coração, e então caiu morto.

— Correndo de quê?

— Eis nosso problema. Há indícios de que o homem estava louco de medo antes de começar a correr.

— Como pode dizer isso?

— Presumo que a causa dos medos tenha vindo até ele pela charneca. Se foi assim, e é o que parece mais provável, só um homem completamente louco teria fugido *da* casa em vez de em direção a ela. Se o depoimento do cigano puder ser levado em consideração, ele correu em meio a gritos de socorro na direção onde era menos provável que houvesse ajuda. Então, mais uma vez, por quem ele estava esperando naquela noite, e por que ele estava esperando por essa pessoa na viela dos teixos em vez de na própria casa?

— Acha que ele estava esperando alguém?

— Era um homem idoso e enfermo. Podemos entender seus passeios noturnos, mas o chão estava úmido, e a noite, inclemente. É natural que ele tenha ficado de pé por cinco ou dez minutos, como o dr. Mortimer, com mais senso prático do que eu teria lhe dado crédito, deduziu pelas cinzas do charuto?

— Mas ele saía todas as noites.

— Acho improvável que ele esperasse no portão da charneca todas as noites. Pelo contrário, a evidência diz que ele evitava a charneca. Naquela noite, ele esperou naquele ponto. Era a noite anterior à partida para Londres. A coisa toma forma, Watson. Torna-se coerente. Posso pedir que me entregue meu violino? Vamos adiar toda a reflexão sobre esse assunto até termos a vantagem de nos encontrarmos com o dr. Mortimer e sir Henry Baskerville pela manhã.

CAPÍTULO 4

SIR HENRY BASKERVILLE

Saímos cedo da mesa do café da manhã, e Holmes esperou com o roupão pela visita prometida. Nossos clientes foram pontuais: o relógio tinha acabado de bater dez horas quando o dr. Mortimer apareceu, seguido pelo jovem baronete. Este era um homem pequeno e alerta, de olhos escuros e cerca de trinta anos de idade, muito robusto, com sobrancelhas negras espessas e traços fortes. Ele usava um terno de *tweed* rosado e parecia ter passado a maior parte de seu tempo ao ar livre, mas ainda tinha no olhar firme e na tranquilidade da postura algo que indicava um cavalheiro.

— Este é sir Henry Baskerville — disse o dr. Mortimer.

— Ah, sim — disse ele —, e o estranho, sr. Sherlock Holmes, é que se meu amigo aqui não tivesse proposto vir até o senhor esta manhã, eu teria vindo por conta própria. Pelo que entendo, o senhor soluciona pequenos enigmas, e hoje de manhã precisei pensar mais do que sou capaz.

— Sente-se, sir Henry. Entendo que tenha passado por alguma

experiência notável desde que chegou a Londres?

— Nada de muito importante, sr. Holmes. Só uma piada, provavelmente. Foi essa carta, se é que podemos chamar assim, chegada nesta manhã.

Ele pôs um envelope sobre a mesa, e todos nós nos inclinamos para olhá-lo. Era de qualidade comum, de cor cinzenta. O endereço, "Sir Henry Baskerville, Northumberland Hotel", fora impresso em caracteres grosseiros. O carimbo "Charing Cross" e a data de postagem eram da noite anterior.

— Quem sabia que o senhor estaria no hotel Northumberland? — perguntou Holmes, olhando de relance para nosso visitante.

— Ninguém! Só decidimos depois do meu encontro com o dr. Mortimer.

— Mas o dr. Mortimer ia se hospedar lá?

— Não, eu estava na casa de um amigo — disse o médico.

— Não havia nenhuma indicação possível de que pretendíamos ir para esse hotel.

— Hum! Alguém parece estar muito interessado nos seus movimentos.

Do envelope, ele tirou meia folha de papel almaço dobrada em quatro, depois a abriu e estendeu sobre a mesa. No meio dela, uma única frase tinha sido formada com palavras impressas. Dizia:

Se você valoriza sua vida ou razão, afastar da charneca.

Apenas a palavra "charneca" estava escrita a tinta.

— Agora — disse sir Henry Baskerville —, talvez possa me dizer, sr. Holmes, o que significa isso e quem é que se interessa tanto pelos meus assuntos.

— O que acha disso, dr. Mortimer? Precisa admitir que não há nada de sobrenatural nisso.

— Claro que não, senhor, mas a carta pode muito bem ter vindo de alguém convencido pelo sobrenatural da situação.

— Que situação? — perguntou sir Henry, com veemência. — Parece-me que os senhores sabem muito mais do que eu sobre meus próprios assuntos.

— Contaremos o que sabemos antes do senhor sair desta sala, sir Henry. Posso prometer — disse Sherlock Holmes. — No momento, com sua permissão, vamos nos limitar a este documento muito interessante, que deve ter sido elaborado e enviado ontem à noite. Onde está o *Times* de ontem, Watson?

— Aqui no canto.

— Pode pegar para mim? A página de dentro, por favor, com os artigos principais. — Ele olhou rapidamente para o jornal, correndo os olhos para cima e para baixo pelas colunas. — É excelente este artigo sobre livre-comércio. Permitam-me ler uma parte.

> Você pode ser persuadido a imaginar que seu próprio comércio especial ou sua própria indústria será encorajada por uma tarifa protetora, mas a razão diz que uma legislação assim deva, a longo prazo, afastar da nação a riqueza, desvalorizar nossas importações e as condições gerais da vida nesta ilha.

— O que acha disso, Watson? — exclamou Holmes em grande alegria, esfregando as mãos com satisfação. — Não acha que é um sentimento admirável?

O dr. Mortimer olhou para Holmes com um ar de interesse profissional, e sir Henry Baskerville lançou-me um par de olhos escuros e confusos.

— Não sei muito sobre a tarifa e coisas desse tipo — disse ele —, mas parece-me que nos desviamos um pouco do caminho da nota.

— Pelo contrário, acho que estamos em um excelente caminho, sir Henry. Watson sabe mais sobre meus métodos do que o senhor, mas temo que nem ele tenha entendido o significado da frase.

— Não, confesso que não vejo ligação.

— E ainda assim, meu caro Watson, há uma ligação tão direta que uma coisa foi extraída da outra. "Você", "sua", "vida", "razão", "valoriza", "afastar", "da". Está vendo agora de onde as palavras foram tiradas?

— Minha nossa, é mesmo! Que inteligência! — exclamou sir Henry.

— Se restou alguma dúvida, fica resolvida pelo fato de "afastar" e "da" terem sido cortados juntos.

— Ora essa… é mesmo!

— Realmente, sr. Holmes, isso é mais incrível do que tudo que eu poderia imaginar — disse o dr. Mortimer, olhando maravilhado para meu amigo. — Eu entenderia se alguém dissesse que as palavras são de um jornal, mas saber exatamente qual e acrescentar que vieram do artigo principal… é realmente uma das coisas mais notáveis que já vi. Como fez isso?

— Eu presumo, doutor, que o senhor consiga distinguir o crânio de um homem negro do de um esquimó?

— Com toda a certeza.

— Mas como?

— Porque é meu passatempo especial. As diferenças são óbvias. A arcada supraciliar, o ângulo facial, a curva maxilar, a…

— E este é *meu* passatempo especial, e as diferenças são igualmente óbvias. Para os meus olhos, há tanta diferença entre um artigo burguês chumbado do *Times* e a impressão desleixada de um jornal barato como poderia haver entre seu negro e o esquimó. A detecção de tipos é um dos ramos mais elementares do conhecimento para o especialista em crime, embora eu deva confessar que, quando eu era muito jovem, confundi o *Leeds Mercury* com o *Western Morning News*. Mas uma matéria do *Times* é completamente diferente, e essas palavras não poderiam ter sido tiradas de outro lugar. Como a carta foi feita ontem, a probabilidade era de que as encontrássemos na edição de ontem.

— Então, sr. Holmes, até onde possa seguir seu raciocínio — disse sir Henry Baskerville —, alguém cortou a mensagem com uma tesoura…

— Tesoura de unhas — disse Holmes. — Podemos ver que era uma tesoura de lâmina muito curta, já que o responsável precisou fazer dois cortes em "afastar".

— Certo. Alguém, então, cortou a mensagem com uma tesoura de lâmina curta, colou-a com cola…

— Goma — disse Holmes.

— Com *goma* no papel. Mas quero saber por que a palavra "charneca" precisou ser escrita.

— Porque não conseguiram encontrá-la na impressão. As outras palavras são simples e podem ser encontradas em qualquer jornal, mas "charneca" é menos comum.

— Claro, isso explica tudo. Há mais alguma coisa na mensagem, sr. Holmes?

— Há uma ou duas indicações, mas tomaram todo o cuidado para remover as pistas. O endereço, como pode ver, está escrito em letras grosseiras. Mas o *Times* é um jornal que raramente é encontrado em mãos que não sejam de pessoas altamente instruídas. Podemos considerar, portanto, que a carta foi composta por um homem educado que deseja fazer-se passar por um não educado, e seu esforço para esconder a própria caligrafia sugere que ela possa ser conhecida ou vir a ser conhecida pelo senhor. Mais uma vez, veja que as palavras não são coladas em uma linha precisa, mas que algumas estão muito mais altas do que outras. "Vida", por exemplo, está completamente fora da linha. Isso pode apontar para descuido ou agitação da parte do responsável. No geral, inclino-me para essa última visão, pois o assunto era evidentemente importante, e é pouco provável que o compositor de uma carta assim seja descuidado. Se estava com pressa, temos a interessante questão de por que ele estava com pressa, já que qualquer carta enviada até de manhã chegaria a sir Henry antes de ele sair do hotel. O responsável temia uma interrupção... de quem?

— Estamos chegando à região das suposições — disse o dr. Mortimer.

— Prefiro chamar de região onde equilibramos as probabilidades e escolhemos o mais provável. É o uso científico da imaginação, mas temos sempre alguma base material para começar a especulação. Os senhores chamariam de palpite, sem dúvida, mas estou quase certo de que o endereço foi escrito em um hotel.

— Como pode saber disso?

— Se examinarem cuidadosamente, verão que tanto a caneta quanto a tinta deram problemas ao escritor. A caneta manchou duas vezes uma única palavra, e secou três vezes em um endereço curto, mostrando que havia pouca tinta disponível. Uma caneta ou um pote de tinta pessoal raramente ficaria assim, e a combinação das duas coisas deve ser ainda mais rara. Mas vocês sabem como são tintas e canetas de hotéis, onde é difícil conseguir outra situação. Sim, tenho pouquíssima hesitação em dizer que, caso possamos examinar as lixeiras de papel dos hotéis por Charing Cross até encontrarmos os restos do *Times* mutilado, vamos colocar as mãos na pessoa que enviou esta mensagem singular. Ora! Ora! O que é isso?

Ele estava examinando cuidadosamente o papel sobre o qual as palavras haviam sido coladas, segurando-o a poucos centímetros dos olhos.

— O que foi?

— Nada — disse ele, abaixando o papel. — É uma folha de papel em branco, sem nenhuma marca d'água. Acho que vimos tudo o que podíamos nesta curiosa carta. E agora, sir Henry, aconteceu-lhe mais alguma coisa interessante em Londres?

— Não, sr. Holmes. Acho que não.

— Não reparou se estava sendo seguido ou observado?

— Sinto que entrei em um romance de mistério — disse o visitante. — Por que alguém me seguiria?

— Chegaremos a esse ponto. Não tem mais nada a relatar antes de entrarmos nesse assunto?

— Bem, depende do que o senhor acha que vale a pena relatar.

— Acho que qualquer coisa fora da rotina normal da vida vale bastante a pena.

Sir Henry sorriu.

— Ainda não conheço muito da vida britânica, pois passei quase todo o meu tempo nos Estados Unidos e no Canadá, mas espero que perder uma das botas não faça parte da rotina normal daqui.

— O senhor perdeu uma das suas botas?

— Meu caro senhor — exclamou o dr. Mortimer —, deve estar nas malas. Tenho certeza de que a encontrará quando voltar ao hotel. De que adianta incomodar o sr. Holmes com coisas desse tipo?

— Bem, ele me pediu por qualquer coisa fora da rotina.

— Exatamente — disse Holmes. — Por mais tolo que o incidente possa parecer. O senhor perdeu uma das botas?

— Pelo menos acho que sim. Coloquei as duas à minha porta ontem à noite, e só havia uma pela manhã. O responsável pela limpeza dos sapatos não sabia de nada, e o pior de tudo é que as tinha comprado ontem à noite no Strand. Estavam praticamente intocadas.

— Se nunca as usou, por que precisava que alguém as limpasse?

— Precisavam de graxa.

— O senhor comprou um par de botas assim que chegou a Londres?

— Comprei várias coisas. O dr. Mortimer me ajudou. Se vou morar no campo, tenho que me vestir à caráter, e pode ser que eu tenha me descuidado um pouco no meu caminho para o Oeste. Entre outras coisas, comprei as botas. Dei seis dólares por elas, e me roubaram uma antes de eu poder calçá-las.

— Parece uma coisa singularmente inútil para roubar — disse Sherlock Holmes. — Confesso que concordo com o dr. Mortimer quando ele diz que não vai demorar muito até que a bota desaparecida seja encontrada.

— E agora, senhores — disse o baronete, decidido —, parece-me que já falei o suficiente sobre o pouco que sei. Chegou a hora de cumprirem sua promessa e me darem um relato completo daquilo em que estamos nos metendo.

— É um pedido razoável — respondeu Holmes. — Dr. Mortimer, acho que é melhor contar sua história como a contou a nós dois.

Assim encorajado, nosso amigo científico tirou os papéis do bolso e apresentou todo o caso como na manhã anterior. Sir Henry Baskerville escutou com a mais profunda atenção, além da ocasional exclamação de surpresa.

— Bem, parece que a herança vem com uma vingança de brinde — disse ele quando a longa narrativa foi terminada. — Ouço falar do cão desde o berço, é claro. É a história de estimação da família, embora eu nunca tenha pensado em levá-la a sério antes. Mas, quanto à morte do meu tio… tudo parece ferver na minha cabeça, e ainda não consigo enxergar bem as coisas. Os senhores parecem não saber se é um caso para a polícia ou um clérigo.

— Precisamente.

— E, agora, ainda temos o caso da carta no hotel. Suponho que tudo se encaixe.

— Parece mostrar que alguém sabe mais do que nós sobre o que se passa na charneca — disse o dr. Mortimer.

— E também — disse Holmes — que alguém quer sua segurança, uma vez que o avisa do perigo.

— Ou pode ser que queiram, para seus próprios fins, me assustar.

— É claro, isso também é possível. Fico muito grato ao senhor, dr. Mortimer, por me apresentar um problema com alternativas interessantes. Mas o ponto prático que precisamos decidir, sir Henry, é se é ou não aconselhável que o senhor vá para Baskerville Hall.

— Por que não haveria de ir?

— Parece haver perigo.

— Perigo por esse demônio da minha família ou perigo por seres humanos?

— É o que temos de descobrir.

— Seja o que for, minha resposta é uma só. Não há um demônio no inferno, sr. Holmes, nem um homem na terra que possa me impedir de ir à casa de minha família, e podem tomar isso como minha resposta final.

Suas sobrancelhas escuras se juntaram e seu rosto ficou corado por um vermelho escuro enquanto ele falava. Era evidente que o temperamento ardente dos Baskerville não estava extinto nesse último representante.

— Entretanto — disse ele —, mal tive tempo para pensar em tudo o que me disseram. É impossível que um homem entenda tudo e se decida de uma só vez. Gostaria de passar um tempo sozinho. Olhe só, sr. Holmes, agora são onze e meia, e eu vou voltar imediatamente para meu hotel. Se o senhor e seu amigo, dr. Watson, puderem almoçar conosco às duas, espero ser capaz de dizer mais claramente o que penso de tudo.

— Tudo bem, Watson?

— Perfeitamente.

— Então pode nos esperar. Chamo uma carroça?

— Prefiro andar. Esse caso me tem incomodado bastante.

— Será um prazer caminhar com o senhor — disse o companheiro.

— Então voltaremos a nos encontrar às duas horas. *Au revoir*, tenham um bom dia!

Ouvimos os passos de nossos visitantes descendo as escadas e o bater da porta da frente. Em um instante, Holmes mudou do sonhador lânguido para o homem de ação.

— Chapéu e botas, Watson, rápido! Nem um momento a perder! — Ele correu para o quarto de roupão e voltou alguns segundos depois com um casaco. Descemos as escadas quase correndo e fomos para a rua. Dr. Mortimer e Baskerville ainda estavam visíveis a cerca de cento e oitenta metros à frente, em direção à Oxford Street.

— Devo chamá-los?

— Não faça isso, meu caro Watson. Estou perfeitamente satisfeito com sua companhia, se você tolerar a minha. Nossos amigos são sábios, pois é certamente uma bela manhã para uma caminhada.

Ele acelerou o ritmo até termos diminuído cerca de metade da distância que nos dividia. Depois, ainda mantendo uma centena de metros de separação, seguimos para Oxford Street, descendo depois pela Regent Street. Em certo ponto, nossos amigos pararam para olhar a vitrine de uma loja, ao que Holmes fez a mesma coisa. Um instante depois, ele soltou um pequeno grito de satisfação e, seguindo a direção de seus olhos ansiosos, pude ver que uma carruagem com um homem dentro que havia parado do outro lado da rua agora avançava lentamente.

— Ali está nosso homem, Watson! Vamos! Vamos olhar bem para ele, se não pudermos fazer mais.

Naquele instante, fiquei ciente de uma barba negra e espessa, e de um par de olhos penetrantes que passou por nós da janela lateral da carruagem. Instantaneamente, o alçapão no topo se abriu, ele gritou alguma coisa para o motorista e a carroça voou loucamente pela Regent Street. Holmes parecia ansioso por outra, mas não encontramos nenhuma à vista. Então ele correu em perseguição selvagem pelo fluxo do trânsito, mas a dianteira era grande demais — já estavam fora de vista.

— Droga! — disse Holmes amargamente enquanto emergia ofegante e branco da maré de veículos. — Já viu uma sorte e ação tão ruins? Watson, Watson, se você é um homem honesto, vai também registrar o acontecido contra meus sucessos!

— Quem era o homem?

— Não faço ideia.

— Um espião?

— Pelo que ouvimos, é evidente que Baskerville tem sido seguido por alguém desde que chegou à cidade. De que outra forma poderiam ter sabido tão rapidamente que ele tinha escolhido o hotel Northumberland? Se o seguiram no primeiro dia, imaginei que o fossem seguir também no segundo. Pode ter observado que passei duas vezes pela janela enquanto o dr. Mortimer lia a lenda.

— Sim, lembro-me disso.

— Estava à procura de alguém na rua, mas não vi ninguém. Estamos lidando com um homem esperto, Watson. Esse assunto ainda vai longe, e embora não tenha me decidido sobre a pessoa ser um agente benevolente ou malevolente, estou sempre consciente do poder e da intenção. Quando nossos amigos partiram, segui-os imediatamente, na esperança de encontrar o perseguidor invisível. Ele foi tão astuto que não confiou nos próprios pés, valendo-se de uma carruagem para poder ficar atrás deles ou escapar à sua atenção. O método tinha a vantagem adicional da facilidade para segui-los caso pegassem um táxi. No entanto, temos aí uma desvantagem óbvia.

— Ele fica dependente do cocheiro.

— Exatamente.

— Que pena não termos conseguido o número!

— Meu caro Watson, por mais desastrado que eu tenha sido, certamente não pode imaginar que tenha negligenciado a obtenção do número. Não, 2704 é o nosso homem. Mas isso não nos serve de nada por enquanto.

— Não consigo ver como você poderia ter feito mais do que isso.

— Ao avistar o táxi, eu deveria ter virado e caminhado instantaneamente na outra direção. Deveria, então, ter chamado outra carruagem e seguido a primeira a uma distância respeitosa, ou, melhor ainda, ido até o hotel Northumberland para esperar lá. Devíamos ter tido a oportunidade de jogar o jogo do desconhecido e visto para onde ele foi. Da forma como aconteceu, por um anseio indiscreto, aproveitado com extraordinária rapidez e energia pelo nosso oponente, nós nos traímos e perdemos o homem.

Tivemos essa conversa enquanto andávamos lentamente pela

Regent Street, e o dr. Mortimer havia há muito desaparecido com seu companheiro.

— Não adianta segui-los — disse Holmes. — A sombra partiu e não vai voltar. Precisamos ver que outras cartas temos nas mãos e jogá-las com decisão. Você reconheceria o homem que viu na carruagem?

— Só a barba.

— Eu também, mas, pelo que percebi, era provavelmente falsa. Um homem inteligente em um assunto tão delicado não tem qualquer utilidade para uma barba, exceto para esconder o rosto. Venha cá, Watson!

Ele entrou em um dos correios do distrito, onde foi calorosamente saudado pelo gerente.

— Ah, Wilson, vejo que não se esqueceu do pequeno caso em que tive a sorte de ajudá-lo!

— Não, senhor, claro que não. O senhor salvou meu bom nome, e talvez até minha vida.

— Meu caro amigo, está exagerando. Acho que me lembro, Wilson, de você ter um rapaz chamado Cartwright entre os seus, um que mostrou alguma habilidade durante a investigação.

— Sim, senhor, ele ainda está conosco.

— Pode chamá-lo? Obrigado! E adoraria poder trocar essa nota de cinco libras.

Um rapaz de catorze anos, com um rosto brilhante e aguçado, apareceu pouco depois. Ele encarava o famoso detetive com grande reverência.

— Preciso do Diretório de Hotéis — disse Holmes. — Obrigado! Agora, Cartwright, nós temos aqui o nome de 23 hotéis, todos na região de Charing Cross. Está vendo?

— Sim, senhor.

— Você vai visitar cada um deles.

— Sim, senhor.

— Você vai entrar e dar um xelim ao porteiro. Aqui estão 23 xelins.

— Sim, senhor.

— Você vai dizer que quer os papéis jogados fora ontem. Vai dizer que perdeu um telegrama importante e está procurando por ele. Entendeu?

— Sim, senhor.

— Mas o que você realmente está procurando é uma página do *Times* com alguns buracos cortados em tesoura. Aqui está uma cópia do *Times*. É essa página. É fácil reconhecer, não é?

— Sim, senhor.

— Em todos eles, o porteiro chamará outro funcionário, a quem você também dará um xelim. Aqui estão 23 xelins. Depois disso, você verá que, talvez em vinte dos 23 casos, o papel do dia anterior foi queimado ou removido. Nos outros três casos, mostrarão um monte de papel, onde você vai procurar a página do *Times*. Não vai ser fácil. Há dez xelins a mais, para o caso de uma emergência. Envie-me um relatório na Baker Street antes do anoitecer. E agora, Watson, só nos resta descobrir a identidade do cocheiro, número 2704, e depois vamos para uma das galerias de fotos de Bond Street para ocupar o tempo até chegarmos ao hotel.

CAPÍTULO 5

TRÊS FIOS PARTIDOS

Em um grau muito notável, Sherlock Holmes possuía o dom de desprender a própria mente. Durante duas horas, o estranho negócio em que estávamos envolvidos pareceu ser esquecido, e ele foi totalmente absorvido pelas imagens dos mestres belgas modernos. Ele não falou de nada além de arte, sobre o que ele tinha as opiniões mais grosseiras, da galeria até o momento em que nos encontramos no hotel Northumberland.

— Sir Henry Baskerville está lá em cima à sua espera — disse o recepcionista. — Ele me pediu para deixá-los entrar imediatamente.

— Tem alguma objeção quanto a me mostrar seu registro? — perguntou Holmes.

— Claro que não.

O livro mostrou que dois nomes haviam sido acrescentados depois de Baskerville. Um era Theophilus Johnson e família, de Newcastle, e o outro era a sra. Oldmore e empregada, de High Lodge, Alton.

— Esse deve ser o mesmo Johnson que eu conheci — disse Holmes ao porteiro. — Um advogado, não é? Manco e com cabelos brancos?

— Não, senhor, este sr. Johnson é dono de minas de carvão, um homem muito ativo e mais ou menos da sua idade.

— Tem certeza sobre o ofício?

— Sim, senhor! Ele usa o hotel há muitos anos, é muito conhecido por nós.

— Ah, entendi. Pareço me lembrar também do nome da sra. Oldmore. Desculpe-me a curiosidade, mas muitas vezes, ao visitar um amigo, encontra-se outro.

— Ela é uma senhora inválida, senhor. O marido já foi prefeito de Gloucester. Ela fica sempre aqui quando está na cidade.

— Obrigado, mas receio não conhecê-la. Estabelecemos um fato muito importante com essas perguntas, Watson — ele continuou em voz baixa enquanto subíamos juntos. — Sabemos agora que as pessoas tão interessadas em nosso amigo não se instalaram no mesmo hotel. Isso quer dizer que, por mais que estejam, como vimos, muito ansiosos para observá-lo, também estão igualmente ansiosos para não serem vistos. Muito sugestivo.

— Sugestivo de quê?

— Sugestivo de… Ora essa, o que aconteceu?

Quando chegamos ao topo das escadas, encontramos o próprio sir Henry Baskerville. Seu rosto estava corado de raiva, e ele segurava uma bota velha e empoeirada em uma das mãos. Estava tão furioso que mal conseguia falar, e quando falava era em um dialeto muito mais amplo e ocidental do que qualquer outro que tínhamos ouvido dele pela manhã.

— Parece que estão me fazendo de otário neste hotel — gritou ele. — A menos que sejam muito cuidadosos, vão descobrir que estão mexendo com o homem errado. Se aquele rapaz não conseguir encontrar minha bota desaparecida, haverá problemas. Gosto de piadas, sr. Holmes, mas dessa vez passaram dos limites.

— Ainda à procura da bota?

— Sim, senhor, e quero encontrá-la.

— Certamente. O senhor disse que era uma bota nova?

— Exatamente. E agora é uma velha e preta.

— O quê?! Quer dizer que...?

— Isso mesmo. Eu só tinha três pares: o novo, de botas marrons, o velho, de botas pretas, e as botas de couro envernizado, que estou usando. Ontem à noite levaram uma marrom e hoje levaram uma preta. E então, já achou? Fale logo, não fique me encarando!

Um garçom alemão agitado havia aparecido no local.

— Não, senhor. Perguntei por todo o hotel, mas não descobri nada.

— Bem, ou essa bota volta antes do pôr do sol, ou vou falar com o gerente e sair logo deste hotel.

— Ela será encontrada, senhor, eu prometo. Se o senhor tiver um pouquinho de paciência...

— Espero que seja, porque é a última coisa que vou perder neste antro de ladrões. Bem, sr. Holmes, vai me desculpar por incomodá-lo com uma coisa tão...

— Não é nada insignificante.

— Ora, o senhor parece muito sério.

— Como pode explicar a situação?

— Não tenho como explicar. Parece ser a coisa mais louca e estranha que já me aconteceu.

— A mais estranha... — disse Holmes, pensativamente.

— O que acha disso?

— Confesso que ainda não entendo bem. Seu caso é muito complexo, sir Henry. Quando pensamos nele junto à morte do seu tio, acredito nunca ter visto um caso tão interessante. Mas temos vários fios em mãos, e é provável que um ou outro deles nos guie para a verdade. Podemos perder tempo seguindo o fio errado, mas, mais cedo ou mais tarde, chegaremos ao certo.

Tivemos um almoço agradável em que pouco se falou sobre o assunto que nos havia reunido. Foi na sala de estar privada em que nos reunimos depois que Holmes perguntou a Baskerville quais eram suas intenções.

— Ir para Baskerville Hall.

— Quando?

— No final da semana.

— No geral — disse Holmes —, acho que sua decisão é sábia. Tenho amplas evidências de que você está sendo perseguido em Londres, e em meio aos milhões de habitantes desta grande cidade é difícil descobrir quem são essas pessoas ou qual pode ser o objetivo delas. Se as intenções forem más, poderão fazer-lhe mal sem que possamos impedi-las. O senhor não sabia, dr. Mortimer, que os dois foram seguidos desde a minha casa hoje de manhã?

O dr. Mortimer deu um pulo.

— Seguidos! Por quem?

— Isso, infelizmente, não sei dizer. Tem entre seus vizinhos ou conhecidos em Dartmoor algum homem com uma barba preta e cheia?

— Não... ou, deixe-me ver... ora, sim. Barrymore, o mordomo de sir Charles, é um homem com uma barba preta e cheia.

— Ha! Onde está Barrymore?

— Ele é o responsável pela residência.

— É melhor verificarmos se ele está mesmo lá ou se pode estar em Londres.

— Como podemos fazer isso?

— Dê-me um formulário de telégrafo. "Está tudo pronto para sir Henry?" É o suficiente. Ponha o endereço para o sr. Barrymore, Baskerville Hall. Qual é a agência telegráfica mais próxima? Grimpen. Muito bem, vamos enviar um segundo telegrama para o correio de Grimpen: "Telegrama para o sr. Barrymore, a ser entregue em mãos. Se ausente, por favor, devolver para sir Henry Baskerville, Northumberland Hotel". Isso deve nos informar antes do anoitecer se Barrymore está em seu posto em Devonshire ou não.

— É verdade — disse Baskerville. — A propósito, dr. Mortimer, quem é esse Barrymore, afinal?

— Ele é o filho do velho zelador, que está morto. Eles cuidam da residência há quatro gerações. Até onde sei, ele e a esposa são um casal tão respeitável como qualquer outro no condado.

— Ao mesmo tempo — disse Baskerville —, enquanto não houver nenhuma família na casa, essas pessoas têm uma casa muito boa e nada para fazer.

— Isso é verdade.

— Barrymore lucrou alguma coisa com o testamento de sir Charles? — perguntou Holmes.

— Ele e a esposa ganharam quinhentas libras cada um.

— Ha! Eles sabiam que iam receber isso?

— Sim. Sir Charles gostava muito de falar sobre o testamento.

— Isso é muito interessante.

— Espero — disse o dr. Mortimer — que não olhe com desconfiança para todos que receberam alguma coisa de sir Charles, pois eu também ganhei mil libras.

— De fato! Mais alguém?

— Havia muitas somas insignificantes para outras pessoas e um grande número de instituições públicas de caridade. O restante ficou para sir Henry.

— E quanto é o restante?

— Setecentos e quarenta mil libras.

Holmes levantou as sobrancelhas em surpresa.

— Não fazia ideia de que uma soma tão gigantesca estava envolvida — disse ele.

— Sir Charles tinha a reputação de ser rico, mas não sabíamos quão rico ele era até examinarmos seus títulos. O valor total da propriedade era próximo de um milhão.

— Meu Deus! Consigo imaginar um homem tomando medidas desesperadas por essa quantia. E mais uma pergunta, dr. Mortimer. Supondo que alguma coisa aconteça a nosso jovem amigo aqui, se me perdoa a hipótese desagradável... quem herdaria a propriedade?

— Como Rodger Baskerville, irmão mais novo de sir Charles, morreu solteiro, a propriedade passaria para os Desmond, que são primos distantes. James Desmond é um clérigo idoso de Westmoreland.

— Obrigado. Estes detalhes são todos de grande interesse. Já conheceu o sr. James Desmond?

— Sim. Ele visitou sir Charles uma vez. É um homem de aparência venerável e vida santa. Lembro-me que ele se recusou a aceitar qualquer ajuda de sir Charles, apesar da insistência.

— E esse homem de gostos simples seria o herdeiro dos milhares de sir Charles.

— Ele seria o herdeiro da propriedade. Ele também seria o herdeiro do dinheiro, a menos que o contrário fosse de desejo do atual proprietário, que, é claro, pode fazer o que quiser com ele.

— E já fez seu testamento, sir Henry?

— Não, sr. Holmes, não fiz. Não tive tempo, pois foi só ontem que descobri o estado das coisas. De qualquer forma, sinto que o dinheiro deva ser passado junto do título e da propriedade. Era a vontade do meu pobre tio. Como o proprietário vai restaurar a glória dos Baskerville se não tiver dinheiro para manter a propriedade? Casa, terra e libras devem ficar de mãos dadas.

— Pois é. Bem, sir Henry, estou de acordo com o senhor quanto à conveniência de ir para Devonshire sem demora. Só preciso fazer uma provisão. Certamente, não deve ir sozinho.

— O dr. Mortimer vai comigo.

— Mas o dr. Mortimer tem sua clínica para atender, e a casa dele fica a quilômetros de distância da sua. Ele pode não ser capaz de ajudá-lo, nem com toda a boa vontade do mundo. Não, sir Henry, o senhor deve levar consigo um homem de confiança que estará sempre ao seu lado.

— É possível que o senhor possa vir, sr. Holmes?

— Se as coisas chegassem a uma crise, vou tentar estar presente pessoalmente, mas entenda que, com minha prática de consultoria e os constantes apelos que me chegam de muitos lugares, é impossível para mim estar ausente de Londres por um tempo indefinido. No momento, um dos nomes mais reverenciados da Inglaterra está sendo atacado por um chantagista, e só eu posso deter um escândalo desastroso. Não posso ficar em Dartmoor.

— Quem o senhor recomendaria, então?

Holmes pôs a mão no meu braço.

— Se meu amigo concordar, não há homem que valha mais a pena ter a seu lado em um lugar apertado. Ninguém pode afirmar com mais confiança do que eu.

A proposta me apanhou completamente de surpresa, mas antes que eu tivesse tempo para responder, Baskerville agarrou-me pela mão e a apertou com entusiasmo.

— Isso é muito gentil da sua parte, dr. Watson — disse ele. — O senhor conhece a situação e sabe tanto sobre o assunto como eu. Se for até Baskerville Hall comigo, serei muito grato.

A promessa de aventura sempre me fascinou, e fiquei lisonjeado com as palavras de Holmes e a ânsia do baronete, que me saudou como um amigo.

— Com prazer — respondi. — Não vejo forma melhor de empregar meu tempo.

— E você me manterá informado com muito cuidado — disse Holmes. — Quando acontecer alguma coisa, como sei que acontecerá, eu direi como você deve agir. Suponho que tudo estará pronto até sábado.

— Tudo bem para o senhor, dr. Watson?

— Perfeitamente.

— Sábado, então, a menos que ouça o contrário, vamos nos encontrar no trem das dez e meia de Paddington.

Tínhamos acabado de nos levantar para partir quando Baskerville deu um grito de triunfo e, mergulhando em um dos cantos da sala, tirou uma bota marrom de baixo de um armário.

— A bota desaparecida! — exclamou.

— Que todas as nossas dificuldades desapareçam tão facilmente quanto essa! — disse Sherlock Holmes.

— Mas que coisa singular — comentou o dr. Mortimer. — Vasculhei a sala cuidadosamente antes do almoço.

— E eu também — disse Baskerville. — Cada centímetro.

— Não havia bota nenhuma.

— Nesse caso, o empregado deve tê-la colocado ali enquanto almoçávamos.

O alemão foi chamado, mas confessou não saber nada sobre o assunto. Mais um item acrescentado à rápida série constante e aparentemente sem propósito de pequenos mistérios. Deixando de lado toda a história sombria da morte de sir Charles, tivemos vários incidentes inexplicáveis dentro do limite de dois dias, incluindo o recebimento da carta, o espião de barba preta, a perda da bota marrom, a perda da bota preta e, agora, o reaparecimento da bota marrom. Holmes se sentou em silêncio na carruagem durante a viagem de volta para Baker Street, e eu soube pelas sobrancelhas juntas e pela expressão aguçada que sua mente, como a minha, estava ocupada tentando encaixar todos os episódios estranhos e aparentemente desconectados. Por toda a tarde e até tarde da noite, ele se perdeu no tabaco e se permitiu pensar.

Pouco antes do jantar, dois telegramas foram entregues. O primeiro dizia:

> Acabei de saber que Barrymore está na casa. BASKERVILLE.

O segundo:

> Visitei 23 hotéis, conforme as instruções, mas lamento informar que não consegui localizar a página do *Times*. CARTWRIGHT.

— Lá se vão dois dos meus fios, Watson. Não há nada mais estimulante do que um caso em que tudo vai contra você. Temos que seguir outra pista.

— Ainda temos o cocheiro do espião.

— Exatamente. Enviei uma mensagem para obter o nome e endereço dele no Registro Oficial. Não me surpreenderia se essa fosse uma resposta à minha pergunta.

O toque da campainha provou ser uma coisa ainda mais satisfatória do que uma resposta: a porta se abriu e deixou entrar um sujeito de aspecto rude que era evidentemente o homem em pessoa.

— Recebi uma mensagem do escritório central dizendo que um senhor neste endereço tinha perguntado pelo número 2704 — disse ele. — Trabalho com minha carruagem há sete anos e nunca recebi uma palavra de queixa. Vim aqui diretamente para perguntar na sua cara o que tem contra mim.

— Não tenho nada no mundo contra você, meu bom homem — disse Holmes. — Pelo contrário, posso pagar meio soberano se puder me dar uma resposta clara às minhas perguntas.

— Eis uma notícia boa — disse o cocheiro com um sorriso. — O que é que quer me perguntar, senhor?

— Primeiro de tudo, seu nome e endereço, caso precisemos conversar novamente.

— John Clayton, Turpey Street, número 3, The Borough. Minha carruagem fica no pátio de Shipley, perto da estação Waterloo.

Sherlock Holmes tomou nota disso.

— Agora, Clayton, conte-me tudo sobre o passageiro que veio observar esta casa às dez da manhã e depois seguiu dois cavalheiros pela Regent Street.

O homem pareceu surpreso e um pouco envergonhado.

— Ora, não adianta eu contar nada, pois parece saber tanto quanto eu — disse ele. — A verdade é que o senhor me disse que era um detetive e que eu não devia contar nada sobre ele a ninguém.

— Meu bom amigo, este é um assunto muito sério, e você poderá se encontrar em uma posição muito ruim se tentar esconder alguma coisa de mim. Seu passageiro disse que era um detetive?

— Disse, sim.

— Quando ele disse isso?

— Quando foi embora.

— Ele disse mais alguma coisa?

— Mencionou o nome.

Holmes lançou um rápido olhar de triunfo sobre mim.

— Ah, ele mencionou o nome, não foi? Imprudente. Qual foi o nome que ele mencionou?

— O nome dele — disse o cocheiro — era sr. Sherlock Holmes.

Nunca vi meu amigo tão completamente surpreso como por essa resposta. Por um instante, ele ficou sentado em um silencioso espanto. Depois, deu uma gargalhada.

— Um toque, Watson... um toque inegável! — disse ele. — Uma mente tão rápida e flexível como a minha. Ele me acertou em cheio. Então o nome dele era Sherlock Holmes?

— Sim, senhor, esse era o nome do cavalheiro.

— Excelente! Diga-me onde o pegou e tudo o que aconteceu.

— Ele me parou às nove e meia em Trafalgar Square. Disse que era um detetive e me ofereceu dois guinéus para fazer exatamente o que ele queria pelo dia todo, sem perguntas. Fiquei contente e concordei. Primeiro, fomos até o hotel Northumberland e esperámos lá até dois cavalheiros saírem e pegarem uma carruagem. Seguimos ela até parar em algum lugar perto daqui.

— Esta porta — disse Holmes.

— Não posso ter certeza disso, mas atrevo-me a dizer que meu passageiro sabia bem. Paramos a meio caminho da rua e esperamos uma hora e meia. Depois os dois cavalheiros passaram por nós, caminhando, e nós os seguimos pela Baker Street…

— Eu sei — disse Holmes.

— Até o três da Regent Street. Então meu cavalheiro abriu o alçapão e gritou que eu devia correr para a estação Waterloo o mais rápido que pudesse. Bati na égua, e nós chegamos lá em dez minutos. Ele me pagou os dois guinéus, como um bom freguês, e foi para a estação. Quando estava saindo, virou-se e disse: "Talvez lhe interesse saber que conduziu o sr. Sherlock Holmes". É por isso que conheço o nome.

— Entendo. E você não viu mais nada dele?

— Não depois de ter entrado na estação.

— E como descreveria o sr. Sherlock Holmes?

O cocheiro coçou a cabeça.

— Não é fácil descrever uma pessoa como ele. Diria que tem uns quarenta anos de idade, e ele tinha uma altura média, dois ou três centímetros a menos do que o senhor. Estava vestido de um jeito chique e tinha uma barba preta de corte quadrado no final e um rosto pálido. Não sei como posso dizer mais do que isso.

— A cor dos olhos?

— Não, não sei dizer.

— Não se lembra de mais nada?

— Não, senhor. Nada.

— Aqui está seu meio soberano. Há outro esperando por você se puder trazer mais informações. Boa noite!

— Boa noite, senhor, e obrigado!

John Clayton saiu rindo, e Holmes virou-se para mim com um encolher de ombros e um sorriso sentido.

— Lá se vai o terceiro fio, e nós estamos onde começamos — disse ele. — Que malandro astuto! Ele sabia o nosso número, sabia que sir Henry Baskerville falara comigo, viu quem eu era na Regent Street, conjecturou que eu tinha conseguido o número da carruagem e que iria colocar as mãos no cocheiro, então deixou essa audaciosa mensagem. Dessa vez temos um inimigo que é digno de nós, Watson. Recebi um xeque-mate em Londres. Só posso desejar a você melhor sorte em Devonshire, mas não com tranquilidade.

— Tranquilidade sobre o quê?

— Sobre sua ida. É perigoso, Watson, muito perigoso, e quanto mais vejo dele, menos gosto. Sim, meu caro amigo, pode rir, mas dou a minha palavra de que ficarei muito contente quando você voltar são e salvo para Baker Street.

CAPÍTULO 6

BASKERVILLE HALL

Sir Henry Baskerville e o dr. Mortimer estavam prontos no dia marcado, e nós saímos como combinado para Devonshire. O sr. Sherlock Holmes foi comigo até à estação, dando-me as últimas injunções de despedida e conselhos.

— Não vou influenciar sua mente sugerindo teorias ou suspeitas, Watson — disse ele. — Quero que você simplesmente me informe os fatos da maneira mais completa possível, e pode deixar que eu crio as teorias.

— Que tipo de fatos? — perguntei.

— Tudo que possa parecer ter alguma influência, por mais indireta, sobre o caso, e principalmente a convivência do jovem Baskerville com os vizinhos ou quaisquer novos dados relativos à morte de sir Charles. Fiz algumas perguntas nos últimos dias, mas os resultados, receio, foram negativos. Apenas uma coisa parece certa, e é que o sr. James Desmond, o próximo herdeiro, é um cavalheiro idoso de uma disposição muito amigável, então essa perseguição não surgiu da parte dele. Acho que podemos eliminá-lo completamente dos cálculos, mas ainda há pessoas que vão cercar sir Henry Baskerville na charneca.

— Não seria bom se livrar desse casal Barrymore primeiro?

— De forma nenhuma. Não poderia cometer um erro maior. Se eles forem inocentes, será uma injustiça cruel, e se forem culpados, vamos desistir de toda chance de pegá-los. Não, não, vamos deixá-los em nossa lista de suspeitos. Além disso, há um cavalariço na residência, se bem me lembro. Há dois fazendeiros. Há nosso amigo, dr. Mortimer, que acredito ser totalmente honesto, e há a esposa dele, da qual nada sabemos. Há o naturalista, Stapleton, e há a irmã dele, que dizem ser uma jovem e bela dama. Há o sr. Frankland, de Lafter Hall, que também é um fator desconhecido, e há um ou dois outros vizinhos. Essas são as pessoas que devem ser estudadas com atenção.

— Vou fazer o meu melhor.

— Você tem uma arma?

— Sim, também achei que seria melhor levá-la.

— Com toda a certeza. Mantenha seu revólver perto de você noite e dia, e nunca se deixe relaxar.

Nossos amigos já haviam conseguido um vagão de primeira classe e estavam à nossa espera na plataforma.

— Não, não temos nenhuma notícia — disse o dr. Mortimer em resposta às perguntas do meu amigo. — Só posso jurar que não fomos seguidos nos últimos dois dias. Nunca saímos sem cuidado, e ninguém poderia ter escapado aos nossos olhos.

— Vocês ficaram juntos o tempo todo?

— Exceto por ontem à tarde. Costumo tirar um dia de diversão quando venho à cidade, então passei-o no Museu da Faculdade de Medicina.

— E eu fui ver as pessoas no parque — disse Baskerville.

— Mas não tivemos problemas de nenhum tipo.

— Foi imprudente, mesmo assim — disse Holmes, balançando a cabeça e parecendo muito sério. — Peço-lhe, sir Henry, que não ande por aí sozinho. Um grande infortúnio pode recair sobre o senhor se fizer isso. Encontrou a outra bota?

— Não, senhor, desapareceu para sempre.

— Entendo. Isso é muito interessante. De qualquer forma, adeus

— acrescentou ele quando o trem começou a deslizar pela plataforma. — Lembre-se, sir Henry, de uma das frases da velha lenda que o dr. Mortimer nos leu e evite a charneca durante a noite, quando os poderes do mal são exaltados.

Olhei para a plataforma depois de deixá-la e vi a figura alta e austera de Holmes parada, olhando para nós.

Foi uma viagem rápida e agradável, e passei a maior parte dela conhecendo melhor meus dois companheiros e brincando com o *spaniel* do dr. Mortimer. Em poucas horas, a terra se tornou vermelha, o tijolo se tornou granito, e as vacas apareceram pastando nos campos cercados onde a vegetação exuberante denunciava um clima mais rico, ainda que úmido. O jovem Baskerville olhou avidamente pela janela e exclamou em voz alta ao reconhecer as características familiares do cenário de Devon.

— Já passei por uma boa parte do mundo desde que saí daqui, dr. Watson — disse ele —, mas nunca vi um lugar assim.

— Eu nunca vi um homem de Devonshire que não amasse o condado — comentei.

— Depende tanto da raça dos homens quanto do condado — disse o dr. Mortimer. — Um olhar para o nosso amigo aqui já revela a cabeça arredondada dos celtas, trazendo consigo o entusiasmo e poder do apego. A cabeça do pobre sir Charles era de um tipo muito raro, metade gaélica, metade hibérnica em suas características. Mas o senhor era muito jovem quando viu Baskerville Hall pela última vez, não era?

— Era um adolescente quando meu pai morreu e nunca vi a casa, já que ele vivia em uma pequena cabana na costa sul. Fui, então, diretamente enviado a um amigo na América. É tudo tão novo para mim como para o dr. Watson, e estou tão ansioso quanto possível para ver a charneca.

— Está? Então seu desejo será facilmente atendido, pois aqui está sua primeira visão dela — disse o dr. Mortimer, apontando para a janela.

Sobre o campo verde e a curva baixa de um bosque, erguia-se ao longe uma colina cinzenta e melancólica com um estranho cume recortado, sombrio e vago ao longe, como a paisagem fantástica de um sonho. Baskerville ficou muito tempo com os olhos fixos, e eu li em seu rosto ansioso o quanto aquilo significava para ele, essa primeira visão do estranho lugar a que pessoas com seu sangue se agarraram por tanto tempo e deixaram uma marca tão profunda. Lá estava ele, com seu terno de *tweed* e seu sotaque americano, no canto de um vagão de trem prosaico, e mesmo assim, enquanto eu olhava para seu rosto sombrio e expressivo, senti mais do que nunca como ele era um verdadeiro descendente daquela longa linhagem de homens de sangue nobre, ardente e imperioso. Havia orgulho, valentia e força nas sobrancelhas grossas, nas narinas sensíveis e nos olhos castanhos. Se havia uma missão difícil e perigosa diante de nós naquela charneca, aquele pelo menos era um companheiro por quem uma pessoa podia se arriscar com a certeza de que ele compartilharia o risco corajosamente.

O trem parou em uma pequena estação de beira de estrada, onde descemos. Lá fora, para além da cerca branca e baixa, uma carroça com um par de cavalos estava esperando. Nossa chegada era evidentemente um grande evento, com o chefe da estação e carregadores se agrupando à nossa volta para levar a bagagem. Era um lugar doce e simples no campo, mas fiquei surpreso ao observar que, perto do portão, havia dois homens com ares de soldado e uniformes escuros apoiados em rifles curtos e nos observando de relance quando passamos. O cocheiro, um sujeito de cara fechada, saudou sir Henry Baskerville, e em poucos minutos estávamos seguindo rapidamente pela estrada ampla e branca. Os pastos rolavam e se curvavam pelos dois lados, e as velhas casas espreitavam por entre a vegetação. Porém, por detrás da pacata e ensolarada paisagem rural, sempre se levantava, escura contra o céu noturno, a longa e sombria curva da charneca, pontilhada pelas colinas recortadas e sinistras.

A carruagem se balançou para uma estrada lateral, e nós subimos por estradas desgastadas por séculos de rodas, com ribanceiras altas dos dois lados, cheias de musgo e avencas. Samambaias cor de bronze e sarças lampejavam à luz do poente. Ainda subindo, passamos por uma ponte estreita de granito e contornamos um riacho ruidoso que descia o caminho rapidamente, espumando e rugindo em meio às rochas cinzentas. Tanto a estrada como o riacho atravessam um vale denso com carvalhos e abetos. A cada curva, Baskerville soltava uma exclamação de deleite, olhando avidamente em volta e fazendo inúmeras perguntas. Aos seus olhos, tudo parecia belo, mas, para mim, um toque de melancolia pairava sobre o campo, que carregava tão claramente a marca de fim do ano. Folhas amarelas atapetavam os caminhos e passavam esvoaçando por nós. O guizo das rodas morreu quando atravessamos a vegetação apodrecida — tristes presentes, como me pareceu, da natureza para o herdeiro dos Baskerville.

— Minha nossa! — exclamou o dr. Mortimer. — O que é isso?

Uma curva íngreme em um brejo, um esporão da charneca à nossa frente. No cume, duro e claro como uma estátua equestre sobre o pedestal, encontrava-se um soldado montado, sombrio e austero, com o rifle posicionado no antebraço. Ele observava a estrada por onde viajávamos.

— O que é isso, Perkins? — perguntou o dr. Mortimer.

Nosso motorista virou metade do corpo.

— Um prisioneiro fugiu de Princetown, senhor. Faz três dias, e os guardas estão vigiando cada estrada e cada estação, mas ainda não o viram. Os fazendeiros daqui não estão gostando nada disso, senhor, e isso é um fato.

— Entendo que eles recebam cinco libras se puderem dar informações.

— Sim, senhor, mas a hipótese de ganhar cinco libras não é nada comparada à hipótese de ter a garganta cortada. Não é um prisioneiro comum. É um homem que não para por nada.

— Quem é?

— Selden, o assassino de Notting Hill.

Lembrava-me bem do caso, pois era um por que Holmes tinha se interessado muito, com peculiar ferocidade no crime e brutalidade gratuita em todas as ações do assassino. A comutação da sentença de morte devera-se a dúvidas a respeito de sua sanidade, tão atroz era a conduta. Nossa carruagem subiu mais um pouco, e à nossa frente surgiu a imensa extensão da charneca, manchada de dólmens e de rochedos. Um vento frio soprou e nos pôs a tremer. Em algum lugar dali, daquela planície desolada, estava aquele homem diabólico, escondido em uma toca como uma fera selvagem, o coração cheio de maldade contra toda a raça que o tinha prendido. Só faltava esse detalhe para completar a sugestão sombria dos resíduos estéreis, do vento arrepiante e do céu sombrio. Até Baskerville caiu em silêncio e puxou o sobretudo mais para perto do corpo.

Tínhamos deixado a região fértil para trás. Viramos a cabeça, os raios oblíquos de um sol baixo estavam transformando os riachos em fios de ouro e brilhando sobre a terra vermelha perfurada pelo arado e o amplo emaranhado das matas. A estrada à nossa frente tornava-se mais desolada e selvagem sobre enormes encostas de castanho-avermelhado, salpicadas aqui e ali por pedras gigantes. Passamos por algumas casas, amuralhadas e com telhados de pedra, sem trepadeiras para suavizar a aparência. De repente, olhamos para uma depressão remendada por carvalhos e abetos atrofiados que haviam sido torcidos e dobrados pela fúria de anos de tempestades. Duas torres altas e estreitas se erguiam sobre as árvores. O cocheiro apontou o chicote.

— Baskerville Hall — disse.

O dono se levantou e passou a olhar adiante com as bochechas coradas e os olhos brilhantes. Alguns minutos depois, chegamos aos portões, um fantástico arabesco em ferro forjado, com pilares desgastados pelo tempo de ambos os lados, cobertos de líquens e coroados pelas cabeças de javali dos Baskerville. A portaria era uma ruína de granito preto e costelas de vigas, mas na frente dela estava uma nova construção, ainda incompleta, o primeiro fruto do ouro sul-africano de sir Charles.

Passamos para a alameda, onde as rodas foram novamente abafadas entre as folhas, e as velhas árvores lançavam os galhos em um túnel escuro sobre nossas cabeças. Baskerville estremeceu ao olhar para o longo e sombrio caminho até onde a casa se erguia como um fantasma.

— Foi aqui? — perguntou ele em voz baixa.

— Não, não, a viela dos teixos é do outro lado.

O jovem herdeiro olhou de relance com uma expressão sombria.

— Não é de admirar que meu tio se sentia assustado em um lugar como este — disse ele. — É o suficiente para assustar qualquer pessoa. Vou mandar instalar lâmpadas elétricas aqui dentro de seis meses, e os senhores não reconhecerão o lugar com uma Swan e Edison bem aqui em frente à porta.

A alameda se abriu em uma grande extensão de relva, e a casa se mostrou diante de nós. Na pouca luz, pude ver que o centro era um bloco pesado de onde se projetava uma varanda. Toda a frente estava cercada por hera, com um remendo aqui e ali, onde uma janela ou um brasão se rompia pelo véu escuro. Do bloco central, erguiam-se as antigas torres gêmeas, antigas e perfuradas por muitas seteiras. À direita e à esquerda dos torreões encontravam-se alas mais modernas de granito preto. Uma luz opaca brilhava pelas janelas pesadas com fasquias, e das altas chaminés que se erguiam do telhado íngreme e alto brotava uma única coluna preta de fumaça.

— Bem-vindo, sir Henry! Bem-vindo a Baskerville Hall!

Um homem saíra da sombra da varanda para abrir a porta da carruagem. A figura de uma mulher estava recortada contra a luz amarela do salão. Ela saiu e ajudou o homem a retirar nossas malas.

— Vai se importar se eu for diretamente para casa, sir Henry? — perguntou o dr. Mortimer. — Minha esposa está à espera.

— Não vai ficar para o jantar?

— Não, preciso mesmo ir. Provavelmente vou encontrar algum trabalho à minha espera. Eu ficaria para lhe mostrar a casa, mas Barrymore será um guia melhor do que eu. Até mais, e não hesite, noite ou dia, em mandar me chamar se eu puder ser útil.

Ouvimos o barulho das rodas sumindo na estrada enquanto sir Henry e eu nos virávamos para o hall de entrada, e a porta se fechou com força atrás de nós. Era um belo aposento, grande, alto, com enormes caibros de carvalho envelhecido. Na grande lareira à moda antiga, atrás dos altos cães de ferro, um fogo estalava. Sir Henry e eu estendemos as mãos em direção a ele, pois estávamos dormentes depois da longa viagem. Depois disso, olhamos em volta para o alto e fino vitral da velha janela, para os painéis de carvalho, para as cabeças de cervo, para os brasões nas paredes, tudo muito escuro e sombrio na luz fraca da lâmpada central.

— É exatamente como eu imaginava — disse Sir Henry. — Não é a própria imagem de uma velha casa de família? É solene pensar que esta é a sala em que meu povo vive há quinhentos anos…

Ao olhar para ele, vi seu rosto escuro se iluminar por um entusiasmo juvenil. A luz caía diretamente por sobre ele onde ele estava, mas longas sombras desciam as paredes e pendiam como um dossel acima da cabeça dele. Barrymore, que tinha levado nossa bagagem para os quartos, voltou. Ele estava agora à nossa frente com a expressão de um empregado bem treinado. Era um homem de aspecto notável, alto, bonito, com uma barba preta quadrada e pálida, traços distintos.

— Quer que o jantar seja servido de imediato, senhor?

— Está pronto?

— Estará em breve, senhor. Encontrarão água quente em seus quartos. Minha esposa e eu ficaremos felizes, sir Henry, de ficar aqui até que o senhor tenha se arranjado, mas espero que entenda que, diante das novas condições, a casa vai exigir um quadro considerável de funcionários.

— Que novas condições?

— Só quis dizer, senhor, que sir Charles levava uma vida recolhida, então éramos capazes de cuidar dos desejos dele. O senhor naturalmente gostaria de ter mais companhia, e por isso precisará de mudanças na casa.

— Quer dizer que sua esposa e você querem ir embora?

— Só quando lhe for conveniente, senhor.

— Mas sua família está conosco há várias gerações, não está? Seria uma pena começar a vida aqui quebrando uma velha conexão familiar.

Consegui discernir alguns sinais de emoção no rosto pálido do mordomo.

— Eu também sinto isso, senhor, e minha esposa também, mas, para dizer a verdade, gostávamos muito de sir Charles, e sua morte nos deu um choque e tornou o ambiente muito doloroso para nós. Receio que nunca mais possamos ter tranquilidade trabalhando em Baskerville Hall.

— Mas o que você pretende fazer?

— Não tenho dúvidas de que conseguiremos nos estabelecer em algum negócio. A generosidade de sir Charles nos deu os meios para fazer isso. E agora, senhor, talvez seja melhor que eu lhes mostre seus quartos.

Uma galeria de balaustradas quadradas acessada por uma escada dupla corria pelo andar de cima em torno do antigo hall. Desse ponto central, dois longos corredores se estendiam por todo o comprimento da construção, com acesso a todos os quartos. O meu estava na mesma ala que o de Baskerville, quase ao lado dele. Os quartos pareciam ser muito mais modernos do que a parte central da casa, e o papel branco e as numerosas velas ajudavam a remover a impressão sombria que nossa chegada tinha deixado na minha mente.

A sala de jantar que se abria para o hall, porém, era um lugar escuro e triste. Era uma câmara longa com um degrau separando o estrado onde a família se sentava da parte inferior, reservada aos dependentes. Em uma extremidade era dominada por um balcão para os músicos. Traves escuras se cruzavam por cima de nossas cabeças, com um teto escurecido pela fumaça acima delas. Com fileiras de archotes para iluminação, além da cor e alegria rude de um banquete de outros tempos, a sala poderia ter um aspecto mais agradável, mas, agora, quando dois senhores vestidos de preto se sentaram no pequeno círculo de luz lançado por um abajur, nossa voz foi silenciada e o espírito, reprimido. Uma linha indistinta de antepassados, em todas as variedades de vestimenta, do cavaleiro elizabetano ao corço da Regência, nos observou de cima e nos assustou com sua companhia silenciosa. Conversamos pouco, e eu fiquei feliz quando a refeição acabou e pudemos nos retirar para o moderno salão de jogos e fumar um cigarro.

— Não é um lugar muito alegre — disse sir Henry. — Suponho que se possa amenizar as coisas, mas me sinto deslocado aqui. Não me admira que meu tio tenha ficado nervoso vivendo sozinho em uma casa como esta. No entanto, se lhe convier, vamos dormir cedo hoje à noite, e talvez tudo pareça mais alegre pela manhã.

Abri as cortinas antes de ir para a cama e olhei pela janela. Ela se abria para o espaço relvado em frente à porta de entrada. As copas das árvores a certa distância gemiam e balançavam no vento que ficava cada vez mais forte. Uma meia lua rompia as nuvens em movimento. Naquela luz fria eu vi, além das árvores, uma borda entrecortada de rochas, e a longa e baixa curva da melancólica charneca. Fechei as cortinas, sentindo que minha última impressão estava de acordo com o resto.

Mas não foi bem a última. Eu estava cansado, mas plenamente acordado, virando-me de um lado para o outro na cama e procurando um sono que não vinha. Ao longe, um relógio marcava os quartos das horas, mas, fora isso, a casa estava mergulhada no silêncio. E então, de repente, no meio da noite, um som alcançou meus ouvidos, claro, ressonante e inconfundível. O soluço de uma mulher, o sussurro abafado e estrangulado de uma pessoa dilacerada por uma tristeza incontrolável. Sentei-me na cama e ouvi atentamente. O barulho não podia estar longe, e estava certamente dentro de casa. Durante meia hora esperei com todos os nervos em alerta, mas nenhum outro som chegou até mim, a não ser o relógio e o barulho da hera na parede dançando ao vento.

CAPÍTULO 7

OS STAPLETON DE MERRIPIT HOUSE

A beleza fresca da manhã seguinte tentou apagar de nossas mentes a impressão cinzenta deixada em ambos pela primeira experiência em Baskerville Hall. Enquanto sir Henry e eu estávamos sentados para o café da manhã, a luz do sol inundou as janelas altas, enchendo a sala com as cores dos brasões que as cobriam. Os painéis escuros brilhavam como bronze nos raios dourados, e era difícil perceber que aquela era a mesma câmara que trouxera tanto desânimo a nossas almas na noite anterior.

— Acho que somos nós, e não a casa, os culpados! — disse o baronete. — Estávamos cansados da viagem e enregelados pela estrada, por isso tivemos uma visão tão sombria do lugar. Agora estamos refrescados e, bem, tudo está animado mais uma vez.

— E mesmo assim não foi inteiramente uma questão de imaginação — respondi. — O senhor, por exemplo, ouviu alguém, uma mulher, penso eu, soluçando no meio da noite?

— Isso é curioso, pois quando estava meio adormecido, eu ouvi alguma coisa do tipo, sim. Esperei bastante tempo, mas não houve mais nada, então concluí que fosse apenas um sonho.

— Ouvi os soluços distintamente, e tenho certeza de que era mesmo o choro de uma mulher.

— Temos que fazer perguntas sobre isso imediatamente.

Ele tocou a campainha e perguntou a Barrymore se ele podia explicar aquela nossa experiência. Os traços pálidos do mordomo pareceram ficar ainda mais brancos diante da pergunta de seu mestre.

— Só há duas mulheres na casa, sir Henry — respondeu ele. — Uma delas é a empregada de copa, que dorme na outra ala. A outra é minha esposa, e posso dizer com certeza que o som não pode ter vindo dela.

Mas essa foi uma mentira, pois acabei conhecendo a sra. Barrymore depois do café da manhã, com o rosto plenamente iluminado pelo sol. Era uma mulher grande, impassível, com uma expressão muito severa. Os olhos dela, porém, estavam vermelhos e olhavam para mim de trás de pálpebras inchadas. Fora ela, então, a chorar durante a noite, e o marido devia saber disso. Ainda assim, ele havia assumido o risco óbvio da descoberta ao declarar que isso não tinha acontecido. Por que ele fizera isso? E por que ela chorava tão amargamente? Já em torno daquele homem pálido, bonito e barbudo se reunia uma atmosfera de mistério e tristeza. Ele havia sido o primeiro a descobrir o corpo de sir Charles, e nós tínhamos apenas sua palavra para todas as circunstâncias que haviam levado à morte do velho. Era possível que Barrymore, afinal de contas, estivesse naquela carruagem na Regent Street? A barba podia muito bem ser a mesma. O cocheiro descrevera um homem um pouco mais baixo, mas a impressão podia facilmente ter sido errônea. Como resolver esse assunto? Obviamente, a primeira coisa a fazer era ir até o correio de Grimpen e descobrir se o telegrama do teste havia mesmo sido colocado nas mãos do próprio Barrymore. Independentemente disso, pelo menos eu teria alguma coisa a relatar a Sherlock Holmes.

Sir Henry precisava examinar numerosos documentos depois do café, de modo que o tempo era propício para minha excursão. Tive uma caminhada agradável de seis quilômetros pela borda da charneca, chegando a um pequeno povoado cinzento onde duas casas maiores, que provaram ser a pousada e a casa do dr. Mortimer, ficavam bem acima das outras. O carteiro, que também era merceeiro ali, se lembrava claramente do telegrama.

— Certamente, senhor — disse ele. — Mandei entregar o telegrama ao sr. Barrymore, exatamente de acordo com as instruções.

— Quem entregou?

— Meu filho. James, você entregou aquele telegrama ao sr. Barrymore na semana passada, não foi?

— Sim, pai, entreguei.

— Nas mãos dele? — perguntei.

— Ele estava no sótão quando cheguei à casa, então não pude entregar em mãos, mas entreguei para a sra. Barrymore. Ela prometeu levá-lo a ele imediatamente.

— Você viu o sr. Barrymore?

— Não, senhor. Ele estava no sótão.

— Se não o viu, como sabe que estava no sótão?

— A esposa dele deve saber do paradeiro do marido — disse o carteiro com impaciência. — Ele não recebeu o telegrama? Se houve algum engano, o senhor deve se queixar ao próprio sr. Barrymore.

Parecia inútil prosseguir com o inquérito, mas era claro que, apesar do ardil de Holmes, não tínhamos prova de que Barrymore não estivera em Londres o tempo todo. Suponhamos que fosse o caso, que o mesmo homem que foi o último a ver sir Charles vivo tivesse sido o primeiro a perseguir o novo herdeiro na Inglaterra. O que isso podia querer dizer? Seria ele o agente de outras pessoas ou será que possuía algum sinistro desejo próprio? Que interesse poderia ter em perseguir a família Baskerville? Pensei no estranho aviso retirado do *Times*. Fora trabalho dele ou de alguém decidido a atrapalhar seus esquemas? O único motivo concebível era o sugerido pelo próprio sir Henry: se a família pudesse ser assustada, uma casa confortável seria assegurada para os Barrymore. Mas certamente uma explicação assim seria bastante inadequada para o estratagema sutil que parecia tecer uma rede invisível ao redor do jovem baronete. O próprio Holmes tinha dito que nenhum caso mais complexo havia chegado até ele em todas as suas investigações sensacionais. Enquanto caminhava pela estrada cinzenta e solitária, rezei para que meu amigo pudesse ser libertado de suas preocupações e que eu conseguisse me livrar daquele pesado fardo de responsabilidade.

De repente, meus pensamentos foram interrompidos pelo som de pés correndo atrás de mim e por uma voz a me chamar pelo nome. Virei-me, esperando ver o dr. Mortimer, mas, para a minha surpresa, era um estranho. Era um homem pequeno, magro, escanhoado e de expressão alegre, com cabelos claros e um queixo magro, entre trinta e quarenta anos de idade, vestido com um terno cinzento e um chapéu de palha. Uma caixa para espécimes botânicos estava pendurada sobre seu ombro, e ele carregava uma rede de borboletas verde em uma das mãos.

— Tenho certeza de que o senhor vai desculpar minha presunção, dr. Watson — disse ele ao chegar, ofegante, até onde eu estava. — Aqui na charneca somos gente caseira, e não esperamos por apresentações formais. Talvez o senhor tenha ouvido meu nome de nosso amigo em comum, o Mortimer. Eu sou Stapleton, de Merripit House.

— Sua rede e a caixa teriam me dado essa informação — disse eu —, pois já sabia que o sr. Stapleton é um naturalista. Mas como me conheceu?

— Estava visitando Mortimer, e ele o apontou da janela do consultório quando o senhor passou. Como nosso caminho era o mesmo, pensei em alcançá-lo e me apresentaria. Espero que sir Henry não tenha se cansado demais na viagem.

— Ele está muito bem, obrigado.

— Tínhamos muito medo do novo baronete se recusar a viver aqui depois da morte de sir Charles. É pedir demais a um homem rico que se enterre em um lugar como este, mas não preciso dizer que isso significa muito para a região. Suponho que sir Henry não tenha medos supersticiosos.

— Acho que não.

— Claro que o senhor conhece a lenda do cão diabólico que assombra a família.

— Já a ouvi.

— É extraordinário como os camponeses são crédulos por aqui! Qualquer um está pronto para jurar que viu a tal criatura na charneca.

— Ele falava com um sorriso, mas eu li em seus olhos que ele levava o assunto mais a sério. — A história tomou grande conta da imaginação de sir Charles, e não tenho dúvidas de que levou a seu trágico fim.

— Mas como?

— Seus nervos estavam tão à flor da pele que qualquer cachorro pode ter tido um efeito fatal sobre o coração dele. Aposto que ele viu algo assim naquela noite na viela dos teixos. Bem que eu temia que algum desastre pudesse ocorrer, pois gostava muito do velho e sabia que seu coração estava fraco.

— Como sabia disso?

— Meu amigo Mortimer me disse.

— Acha, então, que um cão perseguiu sir Charles e que ele morreu de susto?

— Tem uma explicação melhor?

— Ainda não cheguei a uma conclusão.

— E o sr. Sherlock Holmes? Ele tem?

As palavras me tiraram o fôlego por um instante, mas um olhar para o rosto tranquilo e os olhos firmes de meu companheiro mostrou que não se pretendia surpreender.

— É inútil fingirmos que não o conhecemos, dr. Watson — disse ele. — Os registros do seu detetive chegaram até nós, e o senhor não pode celebrá-lo sem se tornar conhecido. Quando Mortimer me disse seu nome, não foi capaz de negar sua identidade. Se está aqui, só podemos supor que o próprio sr. Sherlock Holmes está interessado no assunto, e eu estou naturalmente curioso para saber a opinião dele.

— Receio que não possa responder a essa pergunta.

— Posso perguntar se ele vai nos honrar com uma visita?

— Ele não pode sair da cidade no momento. Outros casos precisam de sua atenção.

— Que pena! Ele pode esclarecer um assunto tão misterioso para nós. Mas quanto às suas próprias pesquisas, se eu puder ser útil de alguma forma, confio que o senhor falará comigo. Se eu tiver alguma indicação da natureza de suas suspeitas ou de como pretende investigar o caso, talvez possa dar ao senhor alguma ajuda ou conselho.

— Asseguro-lhe de que estou aqui simplesmente para visitar meu amigo, sir Henry, e que não preciso de ajuda de nenhum tipo.

— Excelente! — disse Stapleton. — Tem toda a razão em ser cauteloso e discreto. Fui justamente reprovado pelo que sinto ter sido uma intrusão injustificável, e prometo que não voltarei a mencionar o assunto.

Chegáramos a um ponto onde um estreito caminho gramado se afastava da estrada e atravessava a charneca. Uma colina íngreme e salpicada de pedras se encontrava à direita, outrora uma pedreira de granito. A imagem que tínhamos era de um penhasco escuro, com samambaias e silvas crescendo entre os nichos. De uma elevação distante subia uma fumaça cinzenta.

— Uma caminhada moderada por essa estrada da charneca nos leva a Merripit House — disse ele. — Talvez o senhor possa me dar o prazer de apresentá-lo à minha irmã.

Meu primeiro pensamento foi que eu deveria estar ao lado de sir Henry, mas então me lembrei da pilha de papéis e contas que cobriam sua escrivaninha. Era certo que eu não podia ajudar com aquilo. E Holmes dissera expressamente que eu deveria estudar os vizinhos da charneca. Aceitei o convite de Stapleton, e seguimos juntos pelo caminho.

— É um lugar maravilhoso, a charneca — disse ele, olhando em volta para a chapada sinuosa, as longas ondas verdes, com cristas de granito recortado em picos fantásticos. — Não é possível se cansar da charneca. Não dá para descrever os maravilhosos segredos que ela contém. É tão vasta, tão misteriosa.

— Conhece bem a charneca, então?

— Só estou aqui há dois anos. Os residentes me chamariam de recém-chegado. Viemos pouco depois do sir Charles se instalar, mas meus gostos me levaram a explorar cada parte da região, e ouso dizer que poucos homens a conhecem melhor do que eu.

— É difícil conhecer?

— Muito difícil. Veja, por exemplo, essa grande planície ao norte daqui, com esses morros estranhos. Vê alguma coisa de notável nisso?

— Seria um bom lugar para andar a cavalo.

— É o que costumam pensar, e isso já custou várias vidas. Reparou naquelas manchas verdes espalhadas sobre ela?

— Sim, parecem partes mais férteis que as outras.

Stapleton riu.

— Aquele é o grande atoleiro de Grimpen — disse ele. — Um passo em falso significa a morte de qualquer homem ou animal. Ontem mesmo vi um dos pôneis de charneca entrando ali. Ele nunca saiu. A cabeça ficou para fora por um bom tempo, mas o pântano finalmente levou tudo. É perigoso até mesmo em estações secas, mas depois dessas chuvas de outono é um lugar terrível. E ainda assim consigo encontrar o caminho até o coração e regressar vivo. Veja lá mais um dos pobres pôneis!

Uma coisa castanha rolava e se debatia entre as áreas verdes. Depois, um longo e agonizante pescoço se esticou para fora e um grito horrível ecoou pela charneca. Senti um arrepio de horror, mas os nervos do meu companheiro pareciam ser mais fortes do que os meus.

— Desapareceu! — disse ele. — A lama o pegou. Dois em dois dias, e muitos mais, talvez, pois se acostumam a ir para lá no tempo seco, e não percebem a diferença até que a lama os tenha engolido. É um lugar ruim, o atoleiro.

— E você diz que consegue andar por ali?

— Sim, há um ou dois caminhos que um homem ativo pode seguir. Já os descobri.

— Mas por que você iria para um lugar tão horrível?

— Está vendo as colinas depois dele? São ilhas cortadas por todos os lados pelo atoleiro intransponível, que as rodeou ao longo dos anos. É lá que estão as plantas raras e as borboletas, se você tiver a esperteza para alcançá-las.

— Vou tentar a sorte, algum dia.

Ele olhou para mim com uma expressão de surpresa.

— Pelo amor de Deus, tire essa ideia da cabeça — disse. — Seu sangue ficaria na minha consciência. Garanto que não haveria a menor hipótese de você voltar vivo. Só consigo porque me lembro de certos pontos complexos.

— Ah! — exclamei. — O que é isso?

Um gemido longo e baixo, indescritivelmente triste, varreu a charneca.

Preencheu todo o ar, e mesmo assim era impossível saber de onde vinha. De um murmúrio monótono ele passou a um rugido profundo, e depois se afundou de novo em um sussurrar melancólico e palpitante. Stapleton olhou para mim com uma expressão curiosa na cara.

— A charneca é um lugar estranho! — disse ele.

— Mas o que foi isso?

— Os camponeses dizem que é o cão dos Baskerville chamando a presa. Já ouvi uma ou duas vezes, mas nunca tão alto.

Olhei com um arrepio de medo no coração para a enorme planície manchada pelo verde de juncos. Nada se agitava sobre aquela extensão, a não ser um par de corvos, que gralhavam de um rochedo atrás de nós.

— O senhor é um homem educado. Não pode acreditar em disparates como esse — disse eu. — Qual acha que é a causa de um som tão estranho?

— Os pântanos às vezes fazem ruídos estranhos. É a lama se assentando, a água subindo ou algo assim.

— Não, não, foi uma voz viva.

— Talvez tenha sido. Já ouviu o som de um alcaravão?

— Não, nunca ouvi.

— É uma ave muito rara, praticamente extinta na Inglaterra de agora, mas tudo é possível na charneca. Sim, não ficaria surpreso em saber que o que ouvimos é o canto do último dos alcaravões.

— É a coisa mais estranha que já ouvi na minha vida.

— Sim, esse é um lugar deveras assustador. Veja só a encosta. O que acha dela?

Todo o íngreme declive havia sido coberto por anéis circulares de pedra, pelo menos vinte deles.

— O que é isso? Currais de ovelhas?

— Não, são as casas dos nossos dignos antepassados. O ser humano pré-histórico vivia principalmente na charneca, e como ninguém em particular viveu aqui desde então, encontramos todos os pequenos arranjos exatamente como foram deixados. São as habitações deles sem os telhados. Se quiser entrar, dá para ver até as lareiras e os sofás.

— Mas é uma cidade e tanto. Quando foi habitada?

— Pelo ser humano neolítico… sem data.

— O que é que eles faziam?

— Deixavam o gado pastando nas encostas, e aprenderam a cavar para conseguir estanho depois que a espada de bronze começou a substituir o machado de pedra. Veja só a grande trincheira na colina oposta. É a marca deles. Sim, é possível encontrar alguns pontos muito singulares na charneca, dr. Watson. Ah, com licença! É certamente uma *Cyclopides*.

Uma pequena borboleta ou mariposa havia aparecido em nosso caminho e, num instante, Stapleton se apressou com uma energia e velocidade extraordinárias em sua busca. Para meu espanto, a criatura voou diretamente para a grande charneca, e meu conhecido não parou nem por um instante, pulando de tufo em tufo atrás dela, com a rede verde balançando pelo ar. A roupa cinzenta e o progresso irregular em ziguezague faziam com que ele próprio não parecesse diferente de uma grande mariposa. Observei a busca com um misto de admiração pela extraordinária atividade e medo de que ele prendesse o pé no lodo traiçoeiro, até que ouvi o som de passos e, virando-me, encontrei uma mulher perto de mim na estrada. Ela vinha da direção em que a fumaça indicava a posição de Merripit House, mas a charneca a havia escondido até que estivesse bem perto.

Não podia duvidar que fosse a srta. Stapleton, de quem me tinham falado, já que mulheres de qualquer tipo devem ser poucas na charneca, e lembrei-me de ter ouvido alguém descrevê-la como muito bonita. A mulher que se aproximou de mim era certamente tudo isso, e de um tipo muito incomum. Não podia haver maior contraste entre irmão e irmã, pois Stapleton era neutro, com cabelos claros e olhos cinzentos, enquanto os cabelos dela eram mais escuros do que os de qualquer morena que eu tenha visto na Inglaterra, e ela era magra, elegante e alta. Tinha um rosto orgulhoso e de traços finos, tão regular que poderia parecer impassível não fosse a boca sensível e os belos olhos escuros e ávidos. Com a postura perfeita e o vestido elegante, ela foi uma estranha aparição em um caminho solitário da charneca. Seus olhos estavam sobre o irmão quando me virei, e então ela acelerou o passo em minha direção. Levantei o chapéu e estava prestes a fazer alguma observação explicativa quando suas próprias palavras bagunçaram todos os meus pensamentos.

— Volte! — disse ela. — Volte para Londres agora mesmo.

Só consegui encará-la com uma surpresa estúpida. Fuzilando-me com os olhos, ela bateu no chão impacientemente com o pé.

— Por que eu deveria voltar? — perguntei.

— Não consigo explicar — ela falou em uma voz baixa e ansiosa com um ceceio curioso. — Mas, pelo amor de Deus, faça o que peço. Volte e nunca mais ponha os pés na charneca.

— Mas eu acabei de chegar.

— Senhor! — ela exclamou. — Não sabe ver quando um aviso é para o seu próprio bem? Volte para Londres! Saia hoje à noite! Saia deste lugar a todo o custo! Silêncio, meu irmão está chegando! Nem uma palavra sobre o que eu disse. Pode pegar para mim aquela orquídea entre os cavalinhos-d'água? Somos muito ricos em orquídeas na charneca, embora, é claro, o senhor tenha chegado atrasado para ver as belezas do lugar.

Abandonando a perseguição, Stapleton voltou para nós respirando forte e ruborizado pelos esforços.

— Olá, Beryl! — disse ele, e pareceu-me que o tom da saudação não era de todo cordial.

— Parece estar com calor, Jack.

— Estava atrás de uma *Cyclopides*. Elas são muito raras e dificilmente encontradas no final do outono. Que pena que não peguei! — Ele falava sem preocupação, mas os pequenos olhos passavam incessantemente da garota para mim. — Vejo que já se conheceram.

— Sim. Eu estava dizendo a sir Henry que ele chegou tarde para ver as verdadeiras belezas da charneca.

— Quem você pensa que é essa pessoa?

— Imagino que seja sir Henry Baskerville.

— Não, não — disse eu. — Sou um humilde plebeu, mas seu amigo. Meu nome é dr. Watson.

Uma onda de vexame passou por seu rosto expressivo.

— Conversamos com propósitos cruzados — disse ela.

— Ora, vocês nem tiveram tempo para conversar — comentou o irmão com os mesmos olhos questionadores.

— Falei como se o dr. Watson fosse um residente em vez de apenas um visitante — disse ela. — Para ele não importa muito se é cedo ou tarde para ver as orquídeas. Mas o senhor visitará Merripit House, não é mesmo?

Uma pequena caminhada nos levou a ela, uma típica casa da região, outrora uma fazenda de algum tipo de gado, mas posta em reparo e transformada em uma moradia moderna. Um pomar a rodeava, mas as árvores, como é habitual na charneca, eram atrofiadas, e o efeito de todo o lugar era feio e melancólico. Fomos recebidos por um criado velho e estranho que parecia combinar com a casa. No lado de dentro, porém, havia grandes cômodos mobiliados com uma elegância em que reconheci o bom gosto da senhorita. Enquanto olhava pelas janelas para a interminável charneca salpicada de granito que ia até o horizonte, não pude deixar de me assombrar com o motivo que teria levado aquele homem altamente educado e aquela bela mulher a viver em um lugar assim.

— Lugar estranho para morar, não é? — perguntou ele, como se em resposta ao meu pensamento. — E mesmo assim conseguimos ser bastante felizes, não é, Beryl?

— Muito — disse ela, mas não havia sinal de convicção em suas palavras.

— Eu tinha uma escola — disse Stapleton. — Ficava ao norte. O trabalho para um homem do meu temperamento era mecânico e desinteressante, mas o privilégio de conviver com a juventude, de ajudar a moldar aquelas mentes jovens e impressioná-las com o caráter e os ideais de alguém era maravilhoso. No entanto, o destino estava contra nós. Uma epidemia grave chegou à escola, e três dos alunos morreram. Nunca me recuperei do golpe, e grande parte do meu capital foi irremediavelmente engolido pelo acontecido. E mesmo assim, se não fosse pela perda da companhia encantadora dos meninos, eu ficaria feliz com minha desgraça, pois, com minha forte paixão por botânica e zoologia, encontro aqui um campo de estudo ilimitado, e minha irmã é tão devota à natureza quanto eu. Tudo isso, dr. Watson, foi suscitado pela expressão com que olhou a charneca pela janela.

— Certamente me passou pela cabeça que talvez seja um pouco

tedioso... menos para o senhor, talvez, do que para sua irmã.

— Não, não, eu nunca me entedio — disse ela rapidamente.

— Temos livros, temos nossos estudos e temos vizinhos interessantes. O dr. Mortimer é um homem muito culto em sua própria área. O pobre sir Charles também era um companheiro admirável. Conhecíamo-lo bem, e sentimos mais a falta dele do que posso dizer. Acha que eu estaria atrapalhando se visitasse sir Henry hoje à tarde?

— Tenho certeza de que ele ficaria muito contente.

— Então talvez o senhor deva mencionar que pretendo fazer isso. Podemos, à nossa humilde maneira, fazer alguma coisa para facilitar o processo para ele enquanto não se acostuma ao novo ambiente. O que acha de subir, dr. Watson, e conhecer minha coleção de lepidópteros? Acho que é a mais completa do sudoeste da Inglaterra. Quando terminar de olhá-la, o almoço estará quase pronto.

Mas eu estava ansioso para voltar à minha função. A melancolia da charneca, a morte do infeliz pônei, o som estranho associado à lenda sombria dos Baskerville, todas essas coisas tingiram meus pensamentos de tristeza. Além disso, no topo dessas impressões mais ou menos vagas, estava o alerta claro e distinto da srta. Stapleton, dito com tanta seriedade que eu não podia duvidar que algum motivo grave e profundo estava por trás dela. Resisti a toda a pressão para ficar para o almoço, e parti imediatamente para Baskerville Hall, tomando o caminho por onde viéramos.

Acredito, porém, que haja algum atalho, porque antes de chegar à estrada fiquei atônito ao encontrar a srta. Stapleton sentada sobre uma pedra à margem. Seu rosto estava lindamente corado pelo exercício, e ela mantinha a mão junto de si.

— Vim correndo encontrá-lo, dr. Watson — disse ela. — Nem tive tempo de pôr o chapéu. Não posso ficar muito, senão meu irmão pode sentir minha falta. Só queria dizer o quanto lamento pelo erro estúpido que cometi ao pensar que era sir Henry. Por favor, esqueça as palavras que eu disse, que não têm nenhuma utilidade para o senhor.

— Mas não posso esquecê-las, srta. Stapleton — disse eu. — Sou amigo de sir Henry, e o bem-estar dele é uma preocupação muito grande minha. Diga-me por que estava tão ansiosa para que sir Henry voltasse para Londres.

— Caprichos femininos, dr. Watson. Quando me conhecer melhor, verá que nem sempre posso dar razões para o que digo ou faço.

— Não, não. Lembro-me da emoção na sua voz. Lembro-me do seu olhar. Por favor, por favor, seja franca comigo, srta. Stapleton, pois desde que cheguei aqui me sinto rodeado pelas sombras. A vida está como aquele grande atoleiro de Grimpen, com pequenas manchas verdes por todo o lado, onde posso afundar se não tiver um guia para apontar o caminho. Diga-me, então, o que queria dizer, e prometo transmitir o aviso a sir Henry.

Uma expressão de irresolução passou pelo rosto dela por um instante, mas seus olhos já haviam endurecido novamente quando ela me respondeu.

— O senhor está exagerando, dr. Watson — disse ela. — Meu irmão e eu ficamos muito chocados com a morte de sir Charles. Conhecíamo-lo muito intimamente, pois sua caminhada preferida ia pela charneca até nossa casa. Ele ficou profundamente impressionado com a maldição que pairava sobre a família, e quando a tragédia se abateu, eu naturalmente senti que devia haver algum motivo para o medo que ele havia expressado. Por isso fiquei angustiada quando outro membro da família veio morar aqui, e senti que ele deveria ser avisado do perigo que poderia correr. Isso é tudo o que eu pretendia transmitir.

— Mas qual é o perigo?

— Conhece a história do cachorro?

— Não acredito nesses disparates.

— Mas eu acredito. Se o senhor tem alguma influência sobre sir Henry, leve-o para longe de um lugar que sempre foi fatal para a família dele. O mundo é vasto. Por que ele iria querer viver no local do perigo?

— Justamente por ser o local do perigo. Essa é a natureza de sir Henry. Receio que, a menos que possa me dar informações mais definitivas do que essas, será impossível fazê-lo sair daqui.

— Não posso dizer nada de definitivo, pois não sei nada de definitivo.

— Permita-me fazer mais uma pergunta, srta. Stapleton. Se não queria dizer mais do que isso quando falou comigo pela primeira vez, por que não quis que seu irmão ouvisse a mensagem? Não há nada a que ele ou qualquer outra pessoa possa se opor.

— Meu irmão está muito ansioso para que Baskerville House volte a ser habitada, porque ele pensa que é para o bem do povo pobre da charneca. Ele ficaria muito zangado se soubesse que eu disse alguma coisa que possa induzir sir Henry a ir embora daqui. Mas agora cumpri meu dever, e não direi mais nada. Preciso voltar, senão ele vai sentir a minha falta e suspeitar que vim encontrar o senhor. Adeus!

Ela se virou e desapareceu em poucos minutos entre as rochas, enquanto eu, com a alma cheia de medos vagos, segui meu caminho para Baskerville Hall.

CAPÍTULO 8

O PRIMEIRO RELATÓRIO DO DR. WATSON

A partir deste ponto, vou seguir o curso dos acontecimentos transcrevendo minhas próprias cartas para o sr. Sherlock Holmes, que estão diante de mim sobre a mesa. Falta-me uma página, mas, fora isso, estão exatamente como foram escritas e mostram meus sentimentos e suspeitas do momento com mais precisão do que minha memória, clara como está sobre os trágicos acontecimentos, pode fazer.

Baskerville Hall, 13 de outubro.

CARO HOLMES,

Minhas cartas e meus telegramas anteriores o mantiveram atualizado sobre tudo o que aconteceu neste canto abandonado por Deus. Quanto mais tempo se passa aqui, mais o espírito da charneca, sua vastidão e seu encanto sombrio, se afunda na alma. Encontrando-se em seu seio, você percebe que deixou para trás todos os traços da Inglaterra moderna, mas, por outro lado, vê-se consciente das casas e do trabalho do povo pré-histórico. Por todos os lados da charneca encontram-se as casas dessas pessoas esquecidas, com os túmulos e os enormes monólitos que supostamente marcavam seus templos. Ao olhar para suas cabanas de pedra cinzenta nas encostas marcadas, você esquece sua idade e, se visse um homem peludo sair arrastando-se pela porta, com uma flecha de ponta de pedra encaixada em um arco, você sentiria que a presença dele ali é mais natural do que a sua. O estranho é que eles devem ter vivido tão intensamente no que provavelmente sempre foi um solo infrutífero. Não sou antiquário, mas posso imaginar que fossem uma raça pacífica e acossada, obrigada a aceitar aquilo que nenhum outro ocuparia.

Nada disso, porém, tem a ver com a missão pela qual você me enviou aqui, e provavelmente será muito desinteressante para sua mente extremamente prática. Ainda me lembro de sua total indiferença quanto a saber se o Sol gira em torno da Terra ou se é o contrário. Permita-me, portanto, voltar aos fatos relativos a sir Henry Baskerville.

Se você não recebeu nenhum relatório nos últimos dias foi porque até hoje não havia nada de importante para relatar, mas então ocorreu uma circunstância muito surpreendente, que contarei em breve. Antes de mais nada, preciso passar alguns dos outros fatores da situação.

Um deles, sobre o qual eu disse pouco, é o condenado fugitivo na charneca. Agora há fortes razões para acreditar que ele não está mais aqui, o que é um alívio considerável para as casas solitárias da região. Passou-se uma quinzena desde a fuga, durante a qual ele não foi visto e nada se ouviu falar dele. É certamente inconcebível que ele pudesse ter resistido à charneca durante todo esse tempo. É claro que não teria sido difícil encontrar lugar para se esconder. Qualquer uma das cabanas de pedra teria lhe dado um abrigo. Mas não há nada para comer, a menos que ele pegue alguma das ovelhas da charneca. Pensamos, portanto, que ele se foi, e os fazendeiros dormem melhor em consequência disso.

Somos quatro homens capazes nesta casa, então podemos cuidar bem de nós mesmos, mas confesso que tive momentos de desconforto pensando nos Stapleton. Eles vivem a quilômetros de qualquer ajuda. Há uma criada, um empregado velho, a irmã e o irmão, sendo que este não é muito forte. Estariam indefesos nas mãos de um sujeito desesperado como esse criminoso de Notting Hill se ele pudesse entrar lá. Tanto sir Henry como eu estávamos preocupados com a situação deles, e foi sugerido que Perkins, o cavalariço, fosse dormir lá, mas Stapleton não quis nem saber.

O fato é que nosso amigo, o baronete, começa a demonstrar um interesse considerável pela vizinha. Não é de admirar, pois o tempo passa devagar para um homem ativo como ele neste lugar solitário, e ela é uma mulher muito fascinante e bonita. Há alguma coisa tropical e exótica nela, formando um contraste singular com o irmão frio e sem emoções. Mas ele também dá a impressão de esconder algum temperamento. Certamente tem uma influência muito marcante sobre ela, pois a vi olhar continuamente para ele enquanto falava, como se estivesse procurando aprovação. Confio que ele seja gentil. Há um brilho seco em seus olhos e lábios finos que combinam com uma natureza pragmática e possivelmente severa. Você o acharia um estudo interessante.

Ele veio visitar Baskerville Hall no primeiro dia, e na manhã seguinte levou-nos os dois para nos mostrar o local onde a lenda do malvado Hugo teria se originado. Foi uma excursão de alguns quilômetros pela charneca a um lugar tão sombrio que poderia ter sugerido a história. Encontramos um pequeno vale entre rochedos escarpados que levavam a um espaço aberto relvado salpicado de algodão. Ali no meio havia duas grandes pedras, tão desgastadas e afiadas na parte superior que pareciam as enormes presas de uma fera monstruosa. Em todos os sentidos, correspondia à cena da velha tragédia. Sir Henry estava muito interessado, e perguntou a Stapleton mais de uma vez se ele realmente acreditava na possibilidade da interferência do sobrenatural nos assuntos humanos. Ele falou de maneira trivial, mas era evidente que estava muito interessado. Stapleton deu respostas curtas, mas foi fácil ver que ele dizia menos do que gostaria e que não expressava toda a sua opinião por consideração aos sentimentos do baronete. Contou-nos de casos semelhantes, em que as famílias haviam sofrido alguma influência maligna, e nos deixou com a impressão de que compartilhava da visão popular sobre o assunto.

Na volta, ficamos para almoçar em Merripit House, e foi lá que sir Henry conheceu a srta. Stapleton. Desde o primeiro momento em que a viu ele pareceu estar fortemente atraído, e vou estar muito enganado se esse sentimento não for mútuo. Ele se referiu a ela mais de uma vez na caminhada para casa, e desde então quase não passou um dia sem que tenhamos visto alguma coisa do irmão e da irmã. Jantarão aqui hoje à noite, e acredito que iremos visitá-los na semana que vem. É de imaginar que esse relacionamento seria muito bem-vindo a Stapleton, e mesmo assim vi mais de uma vez um olhar de desaprovação em seu rosto quando sir Henry deu alguma atenção à senhorita. Ele é muito apegado à irmã, sem dúvida, e levaria uma vida solitária sem ela, mas seria o auge do egoísmo ficar no caminho de uma união tão brilhante. Ainda assim, tenho certeza de que ele não quer que a intimidade dos dois se transforme em amor, e tenho observado várias vezes que ele se esforça para evitar que conversem a sós. A propósito, suas instruções para nunca permitir que sir Henry saia sozinho serão muito mais difíceis de cumprir se um caso de amor for acrescentado às outras dificuldades. Minha popularidade logo sofreria se eu executasse suas ordens ao pé da letra.

No outro dia — quinta-feira, para ser mais exato — o dr. Mortimer almoçou conosco. Ele estava escavando um túmulo em Long Down quando encontrou um crânio pré-histórico que o encheu de grande alegria. Nunca houve um entusiasta tão empolgado como ele! Os Stapleton chegaram depois, e o bom doutor levou-nos todos à viela dos teixos, a pedido do sir Henry, para nos mostrar exatamente como tudo havia acontecido naquela noite fatal. É uma longa e sombria alameda entre dois altos muros de sebe, com uma estreita faixa de relva em cada lado. No extremo oposto há uma velha casa de verão. A meio caminho há o portão onde o velho cavalheiro deixara as cinzas do charuto. É um portão branco de madeira com trinco. Para além dele, a charneca. Lembrei-me da sua teoria sobre o caso e tentei imaginar tudo o que tinha acontecido. Enquanto o velho estava ali, ele viu alguma coisa atravessando a charneca, uma coisa que o aterrorizou, de modo que perdeu o juízo e correu até morrer de puro horror e exaustão. Lá estava o longo e sombrio túnel por onde ele fugira. E de quê? Um cão pastor da charneca? Ou um cão espectral, negro, silencioso e monstruoso? Havia agência humana no acontecido? Será que o pálido e atento Barrymore sabia mais do que dizia? Era tudo escuro e vago, mas há sempre a sombra escura do crime por trás de tudo.

Um outro vizinho que conheci desde a última vez que escrevi foi o sr. Frankland, de Lafter Hall, que vive a cerca de seis quilômetros ao sul de nós. É um homem idoso, de rosto vermelho, cabelos brancos e colérico. Tem paixão pela lei britânica e gasta uma fortuna em litígios. Ele luta pelo mero prazer de lutar, e está igualmente pronto para assumir qualquer um dos lados de uma questão, de modo que não admira que essa lhe tenha parecido uma diversão custosa. Às vezes ele fecha uma servidão de passagem e desafia a paróquia a forçá-lo a abri-la. Em outras, ele derruba com as próprias mãos o portão de alguém e declara que existe ali uma estrada desde tempos imemoriais, desafiando o proprietário a processá-lo por transgressão. Ele sabe muito sobre antigos direitos senhoriais e comunais, e aplica seus conhecimentos a favor ou contra os moradores de Fernworthy, de modo que é periodicamente comemorado ou protestado nas ruas da aldeia, dependendo de sua última exploração. Dizem que ele tem cerca de sete processos em mãos no momento, que provavelmente engolirão o restante do dinheiro e o deixarão inofensivo no futuro. Fora isso, ele parece ser uma pessoa de boa índole, e só o menciono porque você foi particular para que eu enviasse descrições das pessoas que nos cercam. Atualmente ele se dedica a uma atividade curiosa, pois, como astrônomo amador, ele tem um excelente telescópio no telhado da própria casa, e passa os dias observando a charneca na esperança de vislumbrar o fugitivo. Se confinasse suas energias a isso, seria bom, mas há boatos de que ele pretende processar o dr. Mortimer por abrir uma cova sem o consentimento dos parentes mais próximos ao desenterrar o crânio neolítico em Long Down. Ele ajuda a evitar que nossas vidas se tornem monótonas e dá um pouco de alívio cômico onde ele é muito necessário.

E agora, depois de atualizar você sobre o condenado em fuga, os Stapleton, dr. Mortimer e Frankland de Lafter Hall, permita-me terminar o que é mais importante e contar mais sobre os Barrymore, principalmente o surpreendente desenvolvimento da noite passada.

Primeiro de tudo, sobre o telegrama-teste que você enviou de Londres para ter certeza de que Barrymore estava aqui. Já expliquei que o testemunho do carteiro mostra que o teste não valeu de nada e que ainda não temos provas. Contei a sir Henry a situação, e ele imediatamente, à sua maneira, chamou Barrymore e perguntou se ele tinha recebido o telegrama. Barrymore disse que sim.

— O rapaz o entregou nas suas mãos? — perguntou sir Henry.

Barrymore pareceu surpreso, e considerou por algum tempo.

— Não — disse. — Eu estava em outro lugar, foi minha esposa que me trouxe.

— Foi você que respondeu?

— Não. Eu disse à minha esposa o que responder e ela desceu para escrever.

À noite, ele retomou o assunto por vontade própria.

— Não consegui entender bem o objetivo das suas perguntas desta manhã, sir Henry — disse ele. — Espero que não queiram dizer que fiz alguma coisa para perder sua confiança.

Sir Henry precisou assegurar-lhe de que esse não era o caso e pacificá-lo com uma parte considerável de suas roupas velhas, agora que todo o enxoval de Londres havia chegado.

A sra. Barrymore é uma pessoa muito interessante. Ela é pesada, compacta, muito limitada, extremamente respeitável e inclinada a atitudes puritanas. Não seria possível conceber alguém menos emocional. No entanto, já contei como, na primeira noite aqui, ouvi-a chorar amargamente, e desde então tenho observado traços de lágrimas em seu rosto. Alguma tristeza profunda roía-lhe o coração. Às vezes me pergunto se alguma culpa a assombra, e às vezes suspeito que Barrymore seja um tirano doméstico. Sempre senti que havia alguma coisa singular e questionável no caráter do homem, mas a aventura de ontem à noite intensifica todas as minhas suspeitas.

E mesmo assim pode não parecer nada. Você sabe que não durmo muito bem, e desde que cheguei a esta casa meus sonos têm sido mais leves do que nunca. Ontem à noite, por volta das duas da manhã, fui despertado por passos furtivos diante do meu quarto. Levantei-me, abri a porta e espreitei o corredor. Uma longa sombra estava descendo, ligada a um homem que caminhava suavemente pela passagem com uma vela na mão. Ele vestia camisa e calças, descalço. Eu podia apenas ver o contorno, mas a altura me dizia que era Barrymore. Ele andava muito devagar e circunspecto, e havia alguma coisa indescritivelmente culpada e furtiva na aparência.

Já falei sobre como o corredor é dividido na galeria que circunda o hall, mas retomado no outro lado. Esperei até que ele sumisse de vista e o segui. Ele chegou ao fim do corredor mais distante enquanto eu rodeava a galeria, e pude ver, pelo brilho da luz por uma porta aberta, que ele tinha entrado em um dos quartos. Todos aqueles cômodos estão desocupados, de modo que aquela expedição se tornou mais misteriosa do que nunca. A luz brilhava estável, como se ele estivesse parado. Desci a passagem o mais silenciosamente que pude e espreitei a porta.

Barrymore estava agachado à janela com a vela encostada no vidro. Podia ver parte de seu perfil, e seu rosto parecia rígido de expectativa enquanto olhava para a escuridão da charneca. Durante alguns minutos, observou atentamente. Depois, deu um gemido profundo e, com um gesto impaciente, apagou a luz. Instantaneamente voltei para meu quarto, e muito em breve ouvi os passos furtivos de sua viagem de volta. Muito depois, quando caí em um sono leve, ouvi uma chave em algum lugar, mas não consegui perceber de onde vinha o som. Não posso adivinhar o que tudo isso significa, mas há segredos acontecendo nesta casa triste e, mais cedo ou mais tarde, descobriremos quais são. Não incomodo você com minhas teorias porque me pediu que fornecesse apenas fatos. Tive uma longa conversa com sir Henry hoje de manhã, e fizemos um plano baseado nas minhas observações de ontem à noite. Não vou falar sobre isso agora, mas isso deverá tornar minha próxima narrativa muito interessante.

CAPÍTULO 9

A LUZ SOBRE A CHARNECA

[SEGUNDO RELATÓRIO DO DR. WATSON]

Baskerville Hall, 15 de outubro.

CARO HOLMES,

Se fui obrigado a deixá-lo sem muitas notícias nos primeiros dias da missão, deve reconhecer que estou compensando o tempo perdido e que os acontecimentos estão cada vez mais emocionantes. No último relatório, terminei com Barrymore na janela, e agora já tenho coisas que, a menos que eu esteja muito enganado, hão de surpreendê-lo consideravelmente. As coisas tomaram um rumo que eu não poderia ter previsto. De certa forma, tornaram-se muito mais claras nas últimas 48 horas, mas também mais complicadas. Contarei tudo para que possa julgar por conta própria.

Antes do café da manhã seguinte à minha aventura, desci o corredor e examinei o quarto em que Barrymore estivera na noite anterior. Notei que a janela ocidental pela qual ele ficara olhando tão atentamente tem uma peculiaridade em comparação às outras janelas da casa: ela possui a melhor vista da charneca. Há uma abertura entre duas árvores que permite que alguém, daquele ponto de vista, a contemple diretamente, enquanto todas as outras janelas só permitem um vislumbre distante. Entendo, portanto, que Barrymore, uma vez que só uma janela serviria a seu propósito, estava atento a algo ou alguém na charneca. A noite estava muito escura, de modo que mal posso imaginar como ele esperava ver alguma coisa. Percebi que era possível que houvesse alguma intriga amorosa, que teria sido responsável por seus movimentos furtivos e também pelo mal-estar da esposa. O homem é um sujeito de aparência marcante, muito bem equipado para roubar o coração de uma moça do campo, de modo que a teoria parecia fazer sentido. O abrir da porta que ouvi depois de voltar ao quarto poderia significar que ele tinha saído para algum compromisso clandestino. Por isso, raciocinei comigo mesmo pela manhã, e conto aqui a direção de minhas suspeitas mesmo que o resultado possa mostrar que elas não tinham fundamento.

Mas qualquer que seja a verdadeira explicação para os movimentos de Barrymore, senti que a responsabilidade de guardar segredo até poder explicá-los era mais do que eu conseguia suportar. Encontrei-me com o baronete no escritório depois do café da manhã e contei a ele tudo o que tinha visto. Ele ficou menos surpreso do que eu esperava.

— Eu sabia que Barrymore andava por aí à noite, e queria falar com ele sobre isso — disse. — Duas ou três vezes ouvi os passos no corredor, indo e vindo no horário que você indicou.

— Talvez ele faça toda noite uma visita a essa janela em particular — sugeri.

— Talvez. Se assim for, podemos segui-lo e ver o que é que ele está procurando. O que seu amigo Holmes faria se estivesse aqui?

— Acredito que ele faria exatamente o que o senhor acabou de sugerir — disse eu. — Ele seguiria Barrymore e veria o que ele pretende.

— Então faremos isso juntos.

— Mas ele vai nos ouvir.

— Ele é praticamente surdo e, de qualquer forma, temos que aproveitar a oportunidade. Vamos esperar no meu quarto esta noite o momento em que ele anda pelo corredor.

Sir Henry esfregou as mãos com prazer, e era evidente que ele saudava a aventura como um alívio para sua vida tranquila na charneca.

O baronete tem se comunicado com o arquiteto que preparou os planos para sir Charles e com um empreiteiro de Londres, de modo que podemos esperar grandes mudanças em breve. Recebemos decoradores de Plymouth, e é evidente que nosso amigo tem grandes ideias e meios de não poupar dores ou despesas para restaurar a grandeza da família. Quando a casa for renovada e remodelada, ele precisará apenas de uma esposa para torná-la completa. Entre nós, há sinais muito claros de que não será necessário esperar muito se a senhorita estiver disposta, pois raramente vi um homem mais apaixonado por uma mulher do que ele por nossa bela vizinha, a srta. Stapleton. No entanto, o curso do verdadeiro amor não corre tão bem como seria de esperar, dadas as circunstâncias. Hoje, por exemplo, a superfície foi quebrada por uma ondulação muito inesperada, que causou ao nosso amigo considerável perplexidade e aborrecimento.

Depois da conversa que citei sobre Barrymore, sir Henry pôs o chapéu e se preparou para sair. Eu fiz o mesmo.

— Vem comigo, Watson? — perguntou ele, olhando para mim de uma forma curiosa.

— Depende se o senhor vai para a charneca — disse eu.

— Sim, eu vou.

— Bem, sabe bem quais são minhas instruções. Desculpe a intromissão, mas ouviu como Holmes insistiu seriamente para que eu não o deixasse sozinho, e principalmente para que não se aventurasse sozinho na charneca.

Sir Henry pôs a sua mão no meu ombro com um sorriso agradável.

— Meu caro amigo — disse ele —, Holmes, em toda sua sabedoria, não previu algumas coisas que aconteceram desde que estive na charneca. Entendeu? Estou certo de que o senhor seja o último homem no mundo que gostaria de ser um estraga-prazeres. Preciso ir sozinho.

Aquilo me colocou em uma posição muito constrangedora. Não sabia o que dizer ou o que fazer, e antes que pudesse me decidir, ele pegou a bengala e saiu.

Quando pensei melhor sobre o assunto, minha consciência me repreendeu amargamente por ter, sob qualquer pretexto, permitido que ele saísse da minha vista. Imaginei quais seriam meus sentimentos se tivesse que confessar a você que algum infortúnio ocorrera por causa de minha desobediência a suas instruções. Asseguro que minhas bochechas ficaram coradas só de pensar nisso. Talvez não fosse tarde demais para alcançá-lo, então parti imediatamente em direção a Merripit House.

Apressei-me pela estrada o mais rápido que pude sem ver sinal de sir Henry até chegar ao ponto em que o caminho se ramifica. Ali, temendo que pudesse ter seguido a direção errada, subi em uma colina de onde podia ter uma visão melhor — a mesma colina que é cortada pela pedreira escura. Vi-o imediatamente. Ele estava a cerca de quatrocentos metros de distância na estrada, e a mulher que estava ao seu lado só podia ser a srta. Stapleton. Era evidente que já havia um entendimento entre eles e que haviam marcado aquele encontro. Andavam devagar em conversa profunda, e eu a vi fazer pequenos movimentos rápidos com as mãos, como se dissesse alguma coisa muito séria, enquanto ele ouvia atentamente e, uma ou duas vezes, balançava a cabeça em forte discordância. Observei-os entre as rochas, muito perplexo quanto ao que deveria fazer a seguir. Segui-los e entrar naquela conversa íntima parecia um ultraje, e, no entanto, meu dever claro era nunca, nem por um instante, deixar que ele saísse de minhas vistas. Espionar um amigo era uma tarefa odiosa. Mesmo assim, não pude ver opção melhor do que observá-lo do monte e limpar minha consciência confessando depois o que havia feito. É verdade que, se algum perigo repentino o ameaçasse, eu estaria longe demais para ser útil, e mesmo assim tenho certeza de que concordará comigo sobre a dificuldade da situação; não havia mais nada que eu pudesse fazer.

Nosso amigo, sir Henry, e a mulher pararam na estrada e estavam profundamente absorvidos em conversa quando, de repente, tive consciência de que eu não era a única testemunha do encontro. Um toque de verde no ar me chamou a atenção, e outra olhada me mostrou que ele pertencia a uma vareta carregada por um homem que se movia pelo chão rachado. Era Stapleton com sua rede de borboletas. Ele estava muito mais próximo do par do que eu, e parecia se mover na direção deles. Naquele momento, sir Henry subitamente puxou a srta. Stapleton para seu lado. O braço dele estava em volta dela, mas me pareceu que ela se afastava dele e virava o rosto. Ele inclinou a cabeça em direção à dela, e ela levantou uma mão como se em protesto. No momento seguinte, vi-os se separarem apressadamente. Stapleton fora a causa da interrupção. Ele corria loucamente na direção dos dois, a rede absurda pendurada atrás dele. Gesticulou e quase dançou diante dos amantes. Não podia imaginar o significado daquela cena, mas me parecia que Stapleton estava brigando com sir Henry, que ofereceu explicações, zangando o homem ainda mais à medida que ele se recusava a aceitá-las. A senhorita ficou parada em um silêncio altivo. Finalmente, Stapleton virou os calcanhares e acenou para a irmã, que, depois de um olhar irresoluto para sir Henry, saiu ao lado do irmão. Os gestos de raiva do naturalista mostraram que ela estava incluída em seu desagrado. O baronete observou-os por um minuto, para então caminhar lentamente e com a cabeça caída de volta pelo caminho de que viera, a própria imagem de desânimo.

Não podia imaginar o significado de tudo aquilo, mas eu estava profundamente envergonhado por ter testemunhado uma cena tão íntima sem o conhecimento de meu amigo. Desci a colina e encontrei o baronete. Seu rosto estava coberto de raiva e suas sobrancelhas estavam enrugadas, como alguém preocupado com o que fazer.

— Watson! De onde você saiu? — perguntou. — Não vai me dizer que veio atrás de mim, apesar de tudo?

Expliquei-lhe a situação: como achara impossível ficar para trás, como o seguira e como testemunhara tudo o que havia acontecido. Por um instante, fuzilou-me com os olhos, mas minha franqueza desarmou sua raiva, e finalmente ele deu uma gargalhada um tanto amargurada.

— É de pensar que uma pradaria no meio do nada seja um lugar seguro e privado — disse ele —, mas todo o campo parece ter saído para ver meu encontro, que foi bem ruim, diga-se de passagem. Onde estava?

— Naquela colina.

— A fileira de trás, não foi? O irmão dela estava bem na frente. Viu-o pular em cima de nós?

— Vi, sim.

— Esse irmão dela já lhe passou a impressão de ser louco?

— Não posso dizer que passou.

— Atrevo-me a dizer que não. Sempre o achei bem são até hoje, mas agora posso dizer que ele ou eu precisaria de uma camisa de força. O que está acontecendo comigo? Está morando comigo há algumas semanas, Watson. Diga! Há alguma coisa que me impeça de ser um bom marido para uma mulher que amo?

— Acredito que não.

— Ele não pode se opor à minha posição, então o problema só pode ser minha pessoa. O que ele tem contra mim? Nunca fiz mal a um homem ou mulher na minha vida, não que eu saiba. E mesmo assim ele não me deixava tocar na ponta dos dedos dela.

— Ele disse isso?

— Isso e mais. Mesmo, Watson, só a conheço há algumas semanas, mas desde a primeira vez que a vi senti que era feita para mim, e ela também... Ela estava feliz comigo, posso jurar. Há uma luz nos olhos de uma mulher que fala mais alto do que as palavras. Mas ele nunca nos deixou ficar juntos, e foi só hoje, pela primeira vez, que vi uma chance de trocar algumas palavras com ela a sós. Ela ficou feliz em me conhecer, mas não queria falar de amor nem me deixava tocar no assunto. Continuava voltando a dizer que este é um lugar perigoso e que eu nunca seria feliz aqui. Então lhe disse que, depois de vê-la, eu não tinha pressa nenhuma de deixá-la, e que se ela queria mesmo que eu fosse embora, a única maneira seria arranjar uma forma de ela ir comigo. Com isso, pedi-a em casamento, mas antes que pudesse responder, apareceu o irmão, correndo em nossa direção como um louco. Estava branco de raiva, e aqueles olhos claros brilhavam de fúria. O que eu estava fazendo com ela? Como me atrevia a oferecer-lhe atenções indesejadas? Será que por ser baronete eu pensava que podia fazer o que bem entendesse? Se ele não fosse irmão dela, teria lhe respondido à altura. Diante da situação, falei-lhe que meus sentimentos por sua irmã eram os mais puros, e que esperava que ela pudesse me dar a honra de se tornar minha esposa. Isso não melhorou o assunto, então eu também perdi a calma e respondi mais acaloradamente do que deveria, considerando que ela estava logo ao lado. Tudo então terminou com ele indo embora com ela, como viu, e aqui estou eu, tão perplexo como qualquer outro homem neste condado. Diga-me o que tudo isso significa, Watson, e ficarei lhe devendo mais do que jamais poderei pagar.

Tentei oferecer uma ou duas explicações, mas a verdade é que eu também estava intrigado. O título de nosso amigo, a fortuna, a idade, o caráter e a aparência estão todos a seu favor, e não sei de nada contra ele senão o destino sombrio que corre na família. Que seus avanços sejam rejeitados tão bruscamente, sem qualquer consideração pelos desejos da própria dama e que ela deva aceitar a situação sem protestar, é muito surpreendente. No entanto, nossas conjecturas foram postas em descanso por uma visita do próprio Stapleton naquela mesma tarde. Viera oferecer desculpas pela rudeza na parte da manhã, e depois de uma longa conversa privada com sir Henry no escritório, o resultado foi a resolução do desentendimento, e combinamos jantar em Merripit House na sexta-feira seguinte como sinal disso.

— Ainda não posso afirmar que não é louco — disse sir Henry. — Não me esqueço do olhar enquanto corria em minha direção hoje de manhã, mas devo admitir que nenhum outro homem poderia oferecer um pedido de desculpas mais bonito do que o dele.

— Ele deu alguma explicação para sua conduta?

— Diz que a irmã é tudo na vida dele. Isso é natural, e fico feliz que ele entenda o valor dela. Sempre estiveram juntos, e segundo seu relato, ele tem sido um homem muito solitário, tendo apenas ela como companheira, de modo que a ideia de perdê-la seja terrível para ele. Disse que não tinha entendido que eu estava me afeiçoando a ela, mas quando viu com os próprios olhos que esse era o caso e que ela poderia ser tirada dele, ficou tão chocado que não foi responsável pelo que dizia ou fazia. Ele lamenta muito tudo o que aconteceu, e reconhece a tolice e egoísmo ao tentar segurar uma bela mulher como a irmã por toda a vida. Se ela precisa deixá-lo, ele prefere que seja com um vizinho como eu do que qualquer outra pessoa. Ainda assim, foi um golpe para ele, e levaria algum tempo até que pudesse enfrentá-lo. Retiraria toda a oposição se eu prometesse deixar o assunto descansar por três meses e me contentar em cultivar a amizade dela durante esse tempo sem reivindicar seu amor. Isso eu prometi, e assim o assunto descansa.

Temos aí o esclarecimento de um dos nossos pequenos mistérios. É um feito termos tocado o fundo do pântano em que estávamos nos debatendo. Sabemos agora por que Stapleton viu com desagrado o pretendente de sua irmã — mesmo um pretendente tão bom como sir Henry. E agora passo a outro mistério que solucionei, o dos soluços noturnos, do rosto manchado de lágrimas da sra. Barrymore, da viagem secreta do mordomo à janela. Parabenize-me, caro Holmes, e me diga que não decepcionei você como agente — que não se arrepende da confiança que depositou em mim quando me mandou para cá. Todas essas coisas foram resolvidas em uma noite de trabalho.

Eu disse "em uma noite de trabalho", mas na verdade foram duas, pois na primeira não conseguimos nada. Sentei-me com sir Henry em seus aposentos até quase três horas da manhã, mas não ouvimos nenhum tipo de som, a não ser o relógio junto à escada. Foi uma vigília muito melancólica, e terminou com cada um adormecendo em sua cadeira. Felizmente, não desanimamos e decidimos determinados a tentar de noite. Na noite seguinte, reduzimos a luz da lâmpada e ficamos sentados, fumando nossos cigarros sem fazer o menor som. Foi incrível como as horas se passaram devagar, e mesmo assim éramos impelidos pelo mesmo tipo de interesse paciente que o caçador deve sentir ao observar a armadilha pela qual espera que a caça possa passar. Chegou a uma, chegaram as duas, e quase desistimos pela segunda vez, desesperançados, quando num instante ambos nos retesamos com todos os sentidos cansados em alerta. Tínhamos ouvido o ranger de um degrau na passagem.

Muito furtivamente, o ouvimos passar até sumir ao longe. Então o baronete abriu gentilmente a porta, e nós dois partimos em perseguição. Nosso homem já havia contornado a galeria, e o corredor estava todo na escuridão. Seguimos suavemente até a outra ala. Chegamos a tempo de vislumbrar a figura alta, de barbas pretas e ombros caídos descendo pela passagem. Então ele passou pela mesma porta de antes, a luz da vela emoldurou-a na escuridão e disparou um único feixe amarelo pela escuridão do corredor. Fomos cautelosamente naquela direção, experimentando cada tábua antes de ousarmos colocar todo o peso sobre ela. Tínhamos tomado a precaução de deixar as botas para trás, mas, mesmo assim, as velhas tábuas estalavam e rangiam sob nossos pés. Às vezes pareceu ser impossível que ele não tivesse ouvido nossa abordagem, mas o homem era felizmente quase surdo, e estava inteiramente preocupado com sua missão. Quando finalmente chegamos à porta e espreitamos adiante, encontramo-lo agachado à janela, de vela na mão, com a face branca e séria pressionada contra a vidraça, exatamente como o tinha visto duas noites antes.

Não tínhamos plano nenhum, mas o baronete é um homem para quem a forma mais direta é sempre a mais natural. Ele entrou no cômodo, e ao fazê-lo Barrymore pulou da janela com um ofegar agudo e ficou de pé, lívido e trêmulo, diante de nós. Seus olhos escuros, brilhando na máscara branca de seu rosto, estavam cheios de horror e espanto enquanto olhava de sir Henry para mim.

— O que está fazendo aqui, Barrymore?

— Nada, senhor. — Sua agitação era tão grande que mal conseguia falar, e as sombras brotavam do tremor de sua vela. — Era a janela, senhor. Faço a ronda à noite para ver se estão trancadas.

— No segundo andar?

— Sim, senhor, todas as janelas.

— Ouça, Barrymore — disse sir Henry com severidade —, estamos decididos a tirar a verdade de você, de modo que é melhor confessar tudo. Sem mentiras! O que estava fazendo na janela?

O sujeito olhou para nós de uma forma indefesa e juntou as mãos como uma pessoa no extremo da dúvida e miséria.

— Não estava fazendo mal a ninguém, senhor. Estava segurando uma vela à janela.

— E por que estava segurando uma vela à janela?

— Não me pergunte, sir Henry, não me pergunte! Dou minha palavra, senhor, de que o segredo não é meu, então não posso contá-lo. Se não dissesse respeito a ninguém além de mim, não tentaria escondê-lo do senhor.

Ocorreu-me uma ideia repentina e tirei a vela da mão trêmula do mordomo.

— Ele devia estar segurando-a como um sinal — disse eu. — Vamos ver se há alguma resposta.

Segurei a vela como ele havia feito e olhei para a escuridão noturna. Vagamente consegui discernir a margem escura das árvores e a extensão mais clara da charneca, pois a lua estava atrás das nuvens. Dei então um grito de exultação, pois um pequeno ponto de luz amarela havia transfixado o véu escuro e brilhava firmemente no centro do quadrado preto emoldurado pela janela.

— Lá está! — exclamei.

— Não, não, senhor, não é nada! — o mordomo começou. — Garanto, senhor...

— Mova a luz pela janela, Watson! — gritou o baronete. — Veja, a outra também se mexe! Agora, seu malandro, nega que seja um sinal? Responda! Quem é a pessoa lá fora e o que está acontecendo?

O rosto do homem se tornou abertamente desafiador.

— É assunto meu, não seu. Não vou contar.

— Então deixará seu emprego imediatamente.

— Muito bem, senhor. Se for preciso...

— E irá em desgraça. Por Deus, você deveria ter vergonha de si mesmo. Sua família vive com a minha há mais de cem anos debaixo deste teto, e aqui o encontro por trás de algum plano sombrio contra mim.

— Não, não, senhor, contra o senhor, não! — Era a voz de uma mulher, e a sra. Barrymore, mais pálida e mais horrorizada do que o marido, estava à porta. A figura volumosa vestindo xale e saia teria sido cômica se não fosse pela intensidade dos sentimentos em seu rosto.

— Temos que ir, Eliza. É o fim da história. Pode arrumar nossas coisas — disse o mordomo.

— Ah, John, John, tudo por minha culpa? É obra minha, sir Henry, toda minha. Tudo o que ele fez foi por mim e porque lhe pedi.

— Fale mais alto, então! O que é que isso significa?

— Meu infeliz irmão está morrendo de fome na charneca. Não podemos deixá-lo definhar bem diante dos nossos portões. A luz é um sinal de que a comida está pronta para ele, e a luz lá fora é para mostrar o local para onde deve ser levada.

— Então seu irmão é...

— O fugitivo condenado, senhor. Selden, o criminoso.

— Essa é a verdade, senhor — disse Barrymore. — Disse-lhe que não era meu segredo e que não podia contá-lo, mas agora já o ouviu, e verá então que, se havia um complô, não era contra o senhor.

Essa, então, foi a explicação para as expedições furtivas à noite e a luz na janela. Sir Henry e eu encaramos a mulher, assombrados. Era possível que aquela pessoa respeitável fosse do mesmo sangue que um dos mais notórios criminosos do país?

— Sim, senhor, meu sobrenome de solteira era Selden, e ele é meu irmão mais novo. Nós o mimamos demais na infância e sempre deixamos que fizesse suas vontades, até que ele passou a pensar que o mundo foi feito para seu prazer e que podia fazer o que bem entendesse. Depois, à medida que foi crescendo, encontrou más companhias, e o diabo se apoderou dele para partir o coração da minha mãe e arrastar nosso nome na lama. De crime em crime, ele afundou cada vez mais, até que foi apenas a misericórdia de Deus que o poupou do cadafalso... mas, para mim, senhor, ele sempre foi o pequeno menino de cabelo enrolado de quem cuidei e com quem brinquei como uma irmã mais velha faria. Foi por isso que ele fugiu, senhor. Sabia que eu estava aqui e que não recusaríamos ajudá-lo. Quando apareceu aqui, cansado e faminto, em uma noite, com os guardas atrás dele, o que podíamos fazer? Nós o acolhemos, alimentamos e demos cuidado. Depois o senhor voltou, e meu irmão pensou que estaria mais seguro na charneca do que em qualquer outro lugar até que a população se aquietasse, então se escondeu lá. Mas a cada duas noites verificávamos com uma luz na janela se ele ainda estava lá, e, se havia resposta, meu marido levava um pouco de pão e carne para ele. Todos os dias esperávamos que fosse embora, mas não podíamos abandoná-lo. Essa é toda a verdade, pois sou uma mulher cristã honesta, e o senhor verá que, se há culpa no assunto, ela não é de meu marido, mas minha, por quem ele fez tudo.

As palavras da mulher saíram com uma seriedade intensa que

carregava consigo a convicção.

— Isso é verdade, Barrymore?

— Sim, sir Henry. Cada palavra.

— Não posso culpá-lo por apoiar sua própria mulher. Esqueça o que eu disse. Vão para seu quarto, os dois, e falaremos mais sobre esse assunto pela manhã.

Quando se foram, olhamos pela janela outra vez. Sir Henry tinha-a aberto, e o vento frio da noite batia na nossa cara. Ao longe, ainda brilhava aquele pequeno ponto de luz amarela.

— Como ele se atreve? — perguntou sir Henry.

— Deve ter sido posicionada de forma a ser visível apenas daqui.

— Provavelmente. Acha que está longe?

— Perto do pico da fenda, suponho.

— Não mais do que dois ou três quilômetros daqui.

— Acho que nem isso.

— Não pode estar longe se Barrymore tinha de levar comida até lá. E ele deve estar esperando, o vilão, ao lado da vela. Por Deus, Watson, vou sair para pegar esse homem!

O mesmo pensamento passara pela minha cabeça. Não era como se os Barrymore tivessem nos confidenciado tudo. O segredo fora tirado à força. Aquele homem era um perigo para a comunidade, um canalha sem dó nem piedade. Estaríamos cumprindo nosso dever ao correr o risco de colocá-lo de volta onde ele não podia fazer nenhum mal. Com sua natureza brutal e violenta, outros pagariam o preço se não fizéssemos nada. Qualquer noite, por exemplo, nossos vizinhos Stapleton poderiam ser atacados por ele, e pode ter sido esse o pensamento que fez sir Henry se interessar tanto pela aventura.

— Vou com o senhor — disse eu.

— Então pegue seu revólver e calce suas botas. Quanto mais cedo partirmos, melhor, pois o sujeito pode apagar a luz.

Em cinco minutos estávamos do lado de fora, saindo em nossa expedição. Passamos depressa pelos arbustos escuros, em meio ao gemido surdo do vento de outono e o farfalhar das folhas caídas. O ar da noite estava pesado com o cheiro de umidade e podridão. De vez em quando a lua espreitava por um instante, mas as nuvens corriam sobre a face do céu, e quando saímos na charneca uma chuva fina começou a cair. A luz ainda ardia firmemente adiante.

— Está armado? — perguntei.

— Eu tenho um chicote de caça.

— Temos que nos aproximar dele rapidamente, pois dizem ser um sujeito desesperado. Vamos apanhá-lo de surpresa antes que ele possa resistir.

— Pergunto-me, Watson — disse o baronete —, o que diria Holmes sobre isso? E quanto à hora escura em que a força do mal é exaltada?

Como se em resposta àquelas palavras, surgiu subitamente entre a vasta escuridão da charneca aquele estranho barulho que eu ouvira nas fronteiras do atoleiro de Grimpen. Veio com o vento pelo silêncio da noite, um murmúrio longo e profundo, depois um uivo crescente e o ganido triste com que sumia. Soou repetidamente, todo o ar latejando com ele, estridente, selvagem e ameaçador. O baronete agarrou minha manga, e seu rosto ficou branco na escuridão.

— Meu Deus, o que é isso, Watson?

— Não sei. É um som que eles têm na charneca. Já ouvi uma vez.

Parou, e um silêncio absoluto se fechou sobre nós. Ouvimos atentamente, mas não escutamos nada.

— Watson — disse o baronete —, foi o uivo de um cão.

Meu sangue congelou nas minhas veias, pois havia na voz dele um tom que denunciava o terror repentino que o havia tomado.

— De que chamam esse som? — perguntou ele.

— Quem?

— O povo do campo.

— Oh, são pessoas ignorantes. Por que se importa com isso?

— Diga-me, Watson. Como chamam?

Hesitei, mas não consegui escapar à pergunta.

— Dizem que é o Cão dos Baskerville.

Ele gemeu e ficou em silêncio por alguns momentos.

— Era mesmo um cachorro — disse ele, finalmente —, mas parecia vir de quilômetros de distância.

— Era difícil dizer de onde veio.

— Foi trazido pelo vento. Aquela não é a direção do atoleiro de Grimpen?

— Sim.

— Foi para aqueles lados. Não acha que parecia o uivo de um cão de caça? Não sou uma criança, Watson, não precisa ter medo de dizer a verdade.

— Stapleton estava comigo quando ouvi pela última vez. Ele disse que podia ser o canto de algum pássaro estranho.

— Não, não, foi um cachorro. Meu Deus, será que pode haver alguma verdade em todas aquelas histórias? É possível que eu esteja realmente correndo perigo por um motivo tão sombrio? Não acredita nisso, Watson?

— Não.

— Mas uma coisa era rir disso em Londres, e outra é estar aqui, na escuridão da charneca, e ouvir um som como esse. E meu tio! Havia a pegada de um cachorro ao seu lado. Tudo se encaixa. Não penso em mim como covarde, Watson, mas esse barulho pareceu congelar meu próprio sangue. Sinta minha mão!

Estava frio como um bloco de mármore.

— Amanhã vai ficar bem.

— Acho que não vou tirar esse barulho da cabeça. O que aconselha que façamos agora?

— Vamos voltar?

— Não, claro que não. Saímos para pegar o homem, e é isso que faremos. Nós dois atrás do condenado e um cão infernal, provavelmente, atrás de nós. Vamos! Vamos resolver isso, mesmo que todos os demônios do inferno estejam soltos na charneca.

Atravessamos lentamente a escuridão, com a presença sombria das colinas escarpadas à nossa volta e o ponto amarelo de luz em frente. Não há nada tão enganador como a distância da luz em uma noite escura como o breu, e às vezes o brilho parecia longe no horizonte, mas em outras podia estar a poucos metros de nós. Finalmente, porém, pudemos ver de onde vinha, e então soubemos que estávamos muito perto. Uma vela tremeluzente estava presa em uma fenda das rochas, que a flanqueavam de modo a afastar o vento e evitar que fosse visível em outras direções. Uma grande pedra de granito escondeu nossa aproximação, e, agachados atrás dela, olhamos para o sinal luminoso. Era estranho ver aquela única vela acesa no meio da charneca, sem viv'alma perto dela — apenas a chama amarela e o brilho nas rochas em volta.

— O que vamos fazer agora? — sussurrou sir Henry.

— Espere aqui. Ele deve estar perto da luz. Vamos ver se conseguimos enxergá-lo.

As palavras mal haviam saído de minha boca quando ele apareceu. Sobre as rochas, na fenda em que a vela queimava, surgiu um rosto amarelo e maligno, um rosto animalesco marcado por paixões vis. Sujo de lama, com a barba eriçada e o cabelo desgrenhado, poderia muito bem ser um dos antigos selvagens que habitavam as cabanas de pedra nas encostas. A luz refletia nos olhos pequenos e astutos, que perscrutavam ferozmente para a direita e para a esquerda como um animal astuto e selvagem ao ouvir os passos dos caçadores.

Alguma coisa evidentemente tinha despertado suas suspeitas. Talvez Barrymore tivesse algum sinal particular que não pudemos dar, ou então o sujeito tinha algum outro motivo para pensar que não estava tudo bem, mas eu podia ler o medo naquele rosto maligno. A qualquer instante ele podia apagar a luz e desaparecer na escuridão. Por isso, avancei, e sir Henry fez o mesmo. Ao mesmo tempo, o condenado xingou e atirou uma pedra, que bateu contra a rocha atrás da qual tínhamos nos abrigado. Tive um vislumbre da figura baixa, atarracada e forte quando ele ficou de pé e começou a correr. Naquele momento, por sorte, a lua rompeu as nuvens. Corremos pelo cume do monte, e lá estava nosso homem, correndo com grande velocidade pelo outro lado, saltando sobre as pedras no caminho com a habilidade de um bode montanhês. Um tiro longo e sortudo do meu revólver poderia acertá-lo, mas eu o tinha levado apenas para me defender caso fosse atacado, não para atirar em um homem desarmado em fuga.

Éramos corredores rápidos e com um treinamento bastante bom, mas logo descobrimos que não tínhamos chance de ultrapassá-lo. Pudemos vê-lo durante muito tempo ao luar, até que se tornou apenas um pontinho se movendo entre as rochas ao lado de um morro distante. Corremos até a exaustão, mas o espaço entre nós ficava cada vez maior. Finalmente, paramos e nos sentamos ofegantes em duas pedras enquanto ele desaparecia ao longe.

E foi então que aconteceu uma coisa muito estranha e inesperada. Tínhamos nos levantado e estávamos voltando para casa depois de abandonar a perseguição. A lua estava baixa à direita, e o pináculo recortado de um rochedo de granito se erguia contra a curva inferior do disco de prata. Ali, delineado como uma estátua de ébano contra aquele fundo brilhante, vi a figura de um homem. Não pense que tenha sido uma ilusão, Holmes. Garanto que nunca na vida vi nada tão claro. Tanto quanto pude julgar, era a figura de um homem alto e magro. As pernas estavam um pouco separadas, os braços dobrados, a cabeça curvada, como se estivesse absorto naquele enorme deserto de turfas e granito diante dele. Podia muito bem ser o próprio espírito daquele lugar terrível. Não era o condenado, pois estava longe do local onde ele desaparecera. Além disso, era um homem muito mais alto. Com um grito de surpresa, apontei-o para o baronete, mas no instante em que me voltei para lhe agarrar o braço, o homem sumiu. Lá estava o rochedo, ainda cortando a borda inferior da lua, mas o pico não deixara vestígios da figura silenciosa.

Tive ganas de ir naquela direção e procurar pelo rochedo, mas parecia longe. Os nervos do baronete ainda tremiam por causa do som espectral que lembrava a história sombria de sua família, e ele não estava com disposição para novas aventuras. Não vira o homem solitário e não podia sentir a emoção que a estranha presença e atitude me tinham causado.

— Um policial, sem dúvida — disse ele. — A charneca está cheia deles desde que o outro escapou.

Talvez fosse mesmo isso, mas eu gostaria de ter mais alguma prova. Hoje pretendemos comunicar ao povo de Princetown onde procurar o foragido, mas é triste não termos o triunfo de levá-lo de volta como nosso prisioneiro. Foram essas as aventuras de ontem à noite, e você deve reconhecer, caro Holmes, que escrevi um relato muito bom. Muito do que digo é, sem dúvida, irrelevante, mas mesmo assim sinto que é melhor entregar-lhe todos os fatos e deixar que selecione aqueles que serão mais úteis na hora de tirar suas conclusões. Estamos progredindo. No caso dos Barrymore, descobrimos o motivo de suas ações, e isso esclareceu muito a situação. A charneca, porém, com seus mistérios e estranhos habitantes, permanece inescrutável. Talvez na próxima vez eu possa esclarecer isso também. Melhor seria se você pudesse estar aqui. Em todo o caso, voltará a ouvir de mim nos próximos dias.

CAPÍTULO 10

TRECHO DO DIÁRIO DO DR. WATSON

Até agora, pude citar os relatórios que enviei a Sherlock Holmes durante os primeiros dias. Agora, porém, cheguei a um ponto da minha narrativa em que sou obrigado a abandonar esse método e confiar mais uma vez nas minhas lembranças, ajudado pelo diário que escrevia na época. Algumas passagens dele me levarão de volta às cenas que estão indelevelmente gravadas em detalhes na minha memória. Procedo, então, a partir da manhã que se seguiu à perseguição do condenado e a nossas outras estranhas experiências na charneca.

16 de outubro: um dia feio e nublado, com uma garoa fraca. A casa está cercada por nuvens, que se dissipam de vez em quando para mostrar as curvas sombrias da charneca, com as veias finas e prateadas nos lados das colinas e as rochas distantes brilhando onde a luz bate em suas faces molhadas. A melancolia está por todo lado. O baronete está com um humor soturno depois das emoções da noite passada. Eu mesmo percebo um peso no meu coração e um sentimento de perigo iminente — um perigo presente a todo momento, ainda mais terrível porque sou incapaz de defini-lo.

E não tenho motivos para tal sensação? Considere a longa sequência de incidentes que apontam para alguma influência sinistra à nossa volta. Há a morte do último ocupante da casa, cumprindo tão exatamente as condições da lenda familiar, além dos repetidos relatos dos camponeses sobre o aparecimento de uma estranha criatura na charneca. Duas vezes ouvi com meus próprios ouvidos o som que se assemelha ao de um cachorro. É inacreditável e impossível existir algo que realmente vá contra as leis ordinárias da natureza. Um cão espectral que deixa pegadas materiais e enche o ar com seu uivo certamente não pode existir. Stapleton pode acreditar em uma superstição assim, e Mortimer também, mas se tenho uma qualidade nessa vida é o bom senso, e nada me convencerá a acreditar nessa lenda. Fazer isso seria descer ao nível desses pobres camponeses, que, não contentes com um mero cão demoníaco, precisam descrevê-lo com fogo infernal na boca e nos olhos. Holmes não daria ouvidos a tais fantasias, e eu sou seu agente. Ainda assim, fatos são fatos, e já ouvi duas vezes o som na charneca. Suponhamos que realmente haja algum cão enorme solto por aquelas terras... isso explicaria quase tudo. Mas onde um cachorro poderia estar escondido, onde ele teria conseguido comida, de onde ele teria vindo, como ninguém o teria visto durante o dia? Deve-se confessar que a explicação natural oferece quase tantas dificuldades quanto a outra. E sempre, além do cachorro, há o fato da interferência humana em Londres, o homem na carroça e a carta que advertia sir Henry contra a charneca. Pelo menos isso foi real, mas pode ter sido o trabalho de um amigo protetor tão facilmente como o de um inimigo. Onde está esse amigo ou inimigo agora? Ele ficou em Londres ou nos seguiu até aqui? Poderia ele... poderia ele ser o estranho que vi no rochedo?

É verdade que só o vi de relance, e mesmo assim pude identificar algumas coisas. Ele não é ninguém que eu tenha visto aqui embaixo, e agora conheci todos os vizinhos. Era uma figura muito mais alta do que Stapleton, muito mais magra do que Frankland. Pode ter sido Barrymore, mas nós o tínhamos deixado para trás, e estou certo de que ele não poderia ter nos seguido. Um estranho, portanto, ainda nos persegue, tal como um estranho nos perseguiu em Londres. Nós nunca o despistamos. Se eu pudesse pôr as mãos sobre esse homem, finalmente poderíamos chegar ao fim de todas as nossas dificuldades. Devo agora dedicar todas as minhas energias a esse único propósito.

Meu primeiro impulso foi contar a sir Henry todos os meus planos. Meu segundo, e mais sábio, é fazer o que penso e falar o mínimo possível com qualquer pessoa. Ele é silencioso e distraído. Seus nervos foram estranhamente abalados por aquele som na charneca. Não direi nada que possa acrescentar às suas ansiedades, mas darei meus próprios passos para chegar a meu próprio fim.

Tivemos uma pequena cena de manhã, depois do café. Barrymore pediu licença para falar com sir Henry, e eles ficaram fechados no escritório por algum tempo. Sentado na sala de jogos, ouvi mais de uma vez o som de vozes alteradas, e consegui ter uma boa ideia do assunto em discussão. Depois de um tempo, o baronete abriu a porta e me chamou.

— Barrymore tem uma reclamação — disse ele. — Ele acha que foi injusto de nossa parte caçar seu cunhado depois que ele, de livre e espontânea vontade, nos contou o segredo.

O mordomo estava muito pálido, mas muito sereno, diante de nós.

— Posso ter exagerado no tom, senhor — disse ele —, e se o fiz, peço perdão. Ao mesmo tempo, fiquei muito surpreso quando ouvi os dois voltarem de manhã e soube que estiveram perseguindo Selden. O pobre rapaz tem o suficiente para enfrentar sem que eu ponha mais obstáculos no caminho.

— Se nos tivesse contado tudo por vontade própria, teria sido diferente — disse o baronete. — Só nos contou, ou melhor, sua mulher só nos contou quando foi forçada a isso.

— Não pensei que se aproveitaria disso, sir Henry. Não pensei mesmo.

— O homem é um perigo público. Há casas solitárias espalhadas pela charneca, e ele é um sujeito que não para por nada. Um mero olhar para o rosto dele já revela isso. Veja a casa do sr. Stapleton, por exemplo, sem nenhuma defesa senão a do próprio. Ninguém estará seguro até que esse homem esteja trancafiado.

— Ele não vai invadir casa nenhuma, senhor. Dou minha palavra solene, ele nunca mais vai incomodar ninguém na região. Garanto, sir

Henry, que dentro de poucos dias os preparativos necessários terão sido feitos, e ele então estará a caminho da América do Sul. Pelo amor de Deus, senhor, peço que não deixe a polícia saber que ele ainda está na charneca. Já desistiram da perseguição, e ele pode ficar quieto até que o navio esteja pronto. O senhor não pode denunciá-lo sem colocar minha esposa e eu em apuros. Não diga nada à polícia.

— O que me diz, Watson?

Encolhi os ombros.

— Todos vamos ficar mais tranquilos quando ele estiver fora do país.

— Mas e a hipótese de ele pegar alguém antes de ir embora?

— Ele não faria algo tão louco assim, senhor. Damos a ele tudo o que pode querer. O crime seria mostrar onde ele estava escondido.

— Isso é verdade — disse sir Henry. — Bem, Barrymore...

— Deus o abençoe, senhor, e muito obrigado, do fundo do meu coração! Minha pobre esposa morreria se ele fosse pego de novo.

— Acho que estamos nos tornando cúmplices de um crime, Watson, mas, depois do que ouvimos, sinto que não posso entregar o homem, portanto a questão está encerrada. Muito bem, Barrymore, pode ir.

Com algumas palavras embargadas de gratidão, o homem se virou, mas hesitou e voltou logo depois.

— O senhor tem sido tão gentil conosco que gostaria de fazer o melhor que posso como retribuição. Sei de uma coisa, sir Henry, e talvez devesse ter contado antes, mas só descobri muito depois do inquérito. Eu nunca disse uma palavra a nenhum homem mortal. É sobre a morte do pobre sir Charles.

O baronete e eu ficamos de pé.

— Sabe como ele morreu?

— Não, senhor, não sei nada disso.

— E então?

— Sei por que ele estava no portão àquela hora. Era para se encontrar com uma mulher.

— Uma mulher! Ele?

— Sim, senhor.

— Qual o nome da mulher?

— Não sei o nome, senhor, mas posso dar-lhe as iniciais. Eram L. L.

— Como sabe disso, Barrymore?

— Bem, sir Henry, seu tio recebeu uma carta naquela manhã. Ele recebia muitas cartas, pois era um homem público e bem conhecido pelo coração bondoso, de modo que qualquer pessoa em apuros recorria a ele, mas naquela manhã aconteceu de só chegar essa carta, então dei mais atenção a ela. Vinha de Coombe Tracey, e havia sido endereçada com a caligrafia de uma mulher.

— E daí?

— Bem, senhor, não pensei mais no assunto, e nunca teria pensado se não fosse pela minha esposa. Há poucas semanas ela estava limpando o escritório de sir Charles, que não havia sido tocado desde a morte, quando encontrou as cinzas de uma carta queimada na parte de trás da grade. Estava quase toda carbonizada, mas uma pequena tira, o fim de uma página, ficara inteira, e o texto ainda podia ser lido, embora em cinza contra um fundo preto. Pareceu-nos ser uma nota no final da carta, e dizia: "Por favor, como é um cavalheiro, queime esta carta e esteja no portão às dez horas". Embaixo disso estavam as iniciais, L. L.

— Ainda tem esse pedaço?

— Não, senhor, desfez-se em pedaços quando o movemos.

— Sir Charles já recebeu mais alguma carta com a mesma caligrafia?

— Nunca prestava atenção especial às cartas, senhor. Não teria reparado nela se não tivesse chegado sozinha.

— E você não faz ideia de quem seja L. L.?

— Não mais do que o senhor, mas imagino que poderemos descobrir mais sobre a morte de sir Charles se conseguirmos colocar as mãos nessa senhora.

— Não entendo, Barrymore, como você escondeu uma informação tão importante.

— Foi logo depois de nosso próprio problema chegar aqui, senhor. E nós dois também gostávamos muito de sir Charles, considerando tudo o que ele fez pela gente. Trazer isso à tona poderia ser ruim para o pobre mestre, e é sempre bom ter cuidado quando há uma senhora no caso. Mesmo os melhores de nós…

— Pensou que poderia ferir a reputação dele?

— Pensei que nada de bom poderia vir desse assunto. Mas agora o senhor tem sido gentil conosco, e sinto que seria injusto não contar tudo o que sei sobre o assunto.

— Muito bem, Barrymore, pode ir.

Quando o mordomo nos deixou, sir Henry se virou para mim.

— O que acha dessa novidade?

— Parece deixar tudo ainda mais complicado do que antes.

— Concordo. Mas se conseguirmos localizar L. L., esclareceremos todo o assunto. Pelo menos isso. Sabemos que podemos encontrar alguém com todos os fatos. O que acha que devemos fazer?

— Contar tudo a Holmes imediatamente. Essa é a pista que ele tem procurado. Estarei muito enganado se isso não o trouxer para cá.

Fui para o quarto e redigi o relatório da conversa da manhã para Holmes. Era evidente para mim que ele estivera muito ocupado nos últimos tempos, pois as notas que eu recebia de Baker Street eram poucas e curtas, sem comentários sobre as informações fornecidas e quase nenhuma referência à minha missão. Sem dúvida, o caso da chantagem estava absorvendo todas as suas faculdades. No entanto, esse novo fator deve certamente prender sua atenção e renovar seu interesse. Queria que ele estivesse aqui.

17 de outubro: a chuva caiu por todo dia, escorrendo pela hera e pingando do beiral. Pensei no condenado na charneca sombria, fria e sem abrigo. Pobre diabo! Independentemente dos crimes que tinha cometido, ele pagara por eles. E então pensei naquele outro — o rosto na carruagem, a figura contra a lua. Será que ele também estava naquela enxurrada — o olho invisível, o homem nas trevas? À tarde vesti minha capa de chuva e caminhei pela charneca encharcada, cheia de imagens escuras, a chuva batendo no meu rosto e o vento assobiando pelas minhas orelhas. Que Deus ajude quem quer que esteja vagueando pelo grande atoleiro agora, porque até mesmo os planaltos firmes estão se tornando um pântano. Encontrei a rocha negra sobre a qual vi o observador solitário, e de seu cume escarpado olhei eu mesmo para a chapada melancólica. A chuva se precipitava sobre a face avermelhada, e as pesadas nuvens cor de ardósia pairavam sobre a paisagem, derrubando grinaldas cinzentas sobre os lados das colinas fantásticas. No oco distante à esquerda, meio escondidas pela neblina, as duas torres finas de Baskerville Hall se erguiam acima das árvores. Eram os únicos sinais visíveis de vida humana, salvo apenas pelas cabanas pré-históricas sobre as encostas. Não havia vestígios do homem solitário que eu vira naquele mesmo lugar duas noites antes.

No caminho de volta encontrei o dr. Mortimer conduzindo seu *dogcart* por uma estrada da charneca que vinha da fazenda de Foulmire. Ele tem nos dado muita atenção, e mal se passa um dia sem que ele nos visite para saber como estamos. Insistiu para que eu subisse na carroça e me deu uma carona para casa. Estava muito perturbado com o desaparecimento do pequeno *spaniel*. O pobre cachorro seguira rumo à charneca e nunca mais tinha voltado. Dei-lhe o consolo que pude, mas pensei no pônei no atoleiro de Grimpen, e não acho que ele voltará a ver o cãozinho.

— A propósito, Mortimer — disse eu enquanto balançávamos pela estrada acidentada —, suponho que haja poucas pessoas que não conheça na região...

— Acho que quase nenhuma.

— Pode me dizer então o nome de qualquer mulher cujas iniciais sejam L. L.?

Ele pensou por alguns minutos.

— Não — disse ele. — Não posso falar por algumas ciganas e empregadas, mas entre os fazendeiros ou aristocratas não há ninguém cujas iniciais sejam essas. Um momento... — acrescentou ele depois de uma pausa. — Laura Lyons... As iniciais dela são L. L., mas ela mora em Coombe Tracey.

— Quem é ela? — perguntei.

— Filha de Frankland.

— O quê? O excêntrico velho Frankland?

— O próprio. Ela se casou com um artista chamado Lyons, que veio desenhar na charneca. Ele provou ser um canalha e a abandonou. Pelo que ouvi, a culpa pode não ter sido exclusivamente dele. O pai dela renegou-a por ter se casado sem consentimento, e talvez por mais um ou dois outros motivos. Entre o velho e o jovem, a coitada passou por maus bocados.

— Como ela vive?

— Imagino que o velho Frankland lhe conceda uma ninharia, mas não pode ser muita coisa, pois seus próprios negócios estão consideravelmente complicados. Seja o que for que ela tenha merecido, não se podia permitir que ela seguisse pelo mau caminho. A história dela se espalhou, e várias das pessoas da região a ajudaram para ganhar uma vida honesta. Stapleton ajudou um pouco, além de sir Charles. Eu mesmo dei uma quantia. Foi para estabelecê-la em um negócio de datilografia.

Ele quis saber o motivo das minhas perguntas, mas consegui satisfazer a curiosidade de meu amigo sem lhe contar muito, pois não há motivo para contarmos o que sabemos a ninguém. Amanhã de manhã encontrarei o caminho para Coombe Tracey, e se eu puder encontrar essa sra. Laura Lyons, de reputação ambígua, um longo passo terá sido dado para esclarecer um incidente desta cadeia de mistérios. Estou certamente me aprimorando, pois quando Mortimer passou a me questionar de forma inconveniente, perguntei-lhe casualmente sobre o tipo do crânio de Frankland, e assim não ouvi nada além de craniologia pelo resto do passeio. Não moro há anos com Sherlock Holmes à toa.

Tenho apenas mais um incidente deste dia tempestuoso e melancólico para registrar: minha conversa com Barrymore ainda há pouco, que me deu mais uma carta para jogar no momento certo.

Mortimer ficara para jantar, e depois ele e o baronete jogaram écarté[1]. O mordomo me trouxe o café até a biblioteca, e aproveitei para fazer algumas perguntas.

— Bem — disse eu —, seu ilustre parente já partiu ou ainda está à espreita?

— Não sei, senhor. Espero que tenha ido, pois ele só trouxe problemas aqui! Não ouço notícias desde a última vez que lhe levei comida, e isso foi há três dias.

— Você o viu, então?

— Não, senhor, mas a comida tinha desaparecido quando passei por lá.

1. Jogo de cartas de origem francesa muito popular na Inglaterra no século XIX. Neste jogo, dois jogadores descartam cartas utilizando truques, e, para isso, utilizam à palavra homônima, que significa "descartado". Assemelha-se ao whist, jogo inglês considerado o ancestral do bridge. (N. do E.)

— Então ele estava lá?

— Penso que sim, senhor, a menos que tenha sido o outro homem.

Sentei-me com a xícara de café a meio caminho dos lábios e encarei Barrymore.

— Então você sabe que há outro homem?

— Sim, senhor. Há outro homem na charneca.

— Você o viu?

— Não, senhor.

— Então como sabe disso?

— Selden me falou dele, senhor, há uma semana ou mais. Ele também está escondido, mas, até onde sei, não é um condenado. Não gosto nada disso, dr. Watson... Digo-lhe diretamente, senhor, que não gosto nada disso.

Ele falava com uma súbita paixão de seriedade.

— Ouça bem, Barrymore! Não tenho nenhum interesse neste assunto além de seu patrão. Vim aqui sem nenhum objetivo senão ajudá-lo. Diga-me francamente do que é que você não gosta.

Barrymore hesitou por um momento, como se tivesse se arrependido da explosão ou achasse difícil expressar os próprios sentimentos em palavras.

— Todos esses acontecimentos, senhor — exclamou ele finalmente, acenando com a mão em direção a janela fustigada pela chuva que dava para a charneca. — Há alguma coisa errada acontecendo em algum lugar, e há vilania, isso eu sei! Ficaria muito contente, senhor, em ver sir Henry a caminho de Londres!

— Mas o que é que preocupa você?

— Veja a morte de sir Charles! Ela já foi ruim o suficiente, por tudo o que o legista disse. Veja os ruídos na charneca à noite. Não há uma alma que a atravessaria depois do pôr do sol, nem se fosse paga. Veja esse estranho escondido lá fora, observando tudo e esperando alguma coisa! O que ele pode estar esperando? O que é que isso significa? Nada de bom para ninguém de nome Baskerville, e ficarei muito contente de me demitir quando os novos criados de sir Henry estiverem prontos para cuidar da casa.

— Mas sobre esse estranho… — disse eu. — Pode me dizer alguma coisa sobre ele? O que Selden disse? Ele descobriu o esconderijo ou o que o homem estava fazendo?

— Ele o viu uma ou duas vezes, mas é uma criatura calada. No início, ele pensou que fosse da polícia, mas logo descobriu que tinha objetivos próprios. Parecia uma espécie de cavalheiro, mas Selden não conseguiu ver o que ele fazia.

— E onde ele disse que o homem vivia?

— Entre as casas antigas na encosta, as cabanas de pedra onde viviam os antigos.

— Mas e a comida?

— Selden descobriu que tem um menino que traz tudo de que ele precisa. Atrevo-me a dizer que ele vai a Coombe Tracey para isso.

— Muito bem, Barrymore. Podemos falar mais sobre isto em outro momento.

Quando o mordomo saiu, fui até a janela escura e olhei por uma vidraça embaçada para as nuvens em movimento e para o contorno das árvores varridas pelo vento. É uma noite selvagem dentro de casa… só posso imaginar como deve estar em uma cabana de pedra na charneca. Que ódio levaria um homem a se esconder em um lugar assim com esse tempo? E que propósito profundo ele poderia ter para se colocar em tal situação? Ali parece estar o centro do problema que tanto me afligiu. Juro que não se passará mais um dia antes que eu tenha feito todo o possível para chegar ao coração do mistério.

CAPÍTULO 11

O HOMEM DO ROCHEDO

O trecho do meu diário que forma o último capítulo trouxe minha narrativa até o dia 18 de outubro, altura em que esses estranhos acontecimentos começaram a avançar rapidamente para sua terrível conclusão. Os incidentes dos dias seguintes estão gravados em minha memória, e posso contá-los sem referência às notas feitas na época. Começo-os no dia que sucedeu aquele em que estabeleci dois fatos de grande importância: que a sra. Laura Lyons, de Coombe Tracey, escrevera a sir Charles Baskerville e marcara um encontro no mesmo lugar e hora em que ele encontrou a morte, e que o homem à espreita na charneca podia ser encontrado entre as cabanas de pedra na encosta da colina. Com esses dois fatos em mãos, senti que minha inteligência ou minha coragem estariam defasadas se eu não pudesse descobrir mais alguma coisa.

Não tive oportunidade de dizer ao baronete o que havia descoberto sobre a sra. Lyons na noite anterior, pois o dr. Mortimer jogou cartas com ele até muito tarde. No café da manhã, porém, informei-o de minha descoberta e perguntei se ele gostaria de me acompanhar a Coombe

Tracey. No início ele ficou muito ansioso para ir, mas depois pensamos melhor e resolvemos que os resultados poderiam ser melhores se eu fosse sozinho. Quanto mais formal a visita, menos informações poderíamos obter. Deixei sir Henry para trás, portanto, não sem algum peso na consciência, e segui minha nova missão.

Quando cheguei a Coombe Tracey, pedi a Perkins para guardar os cavalos e fiz perguntas sobre a senhora que queria interrogar. Não tive dificuldade para encontrar sua casa, que era central e bem indicada. Uma criada me deixou entrar sem cerimônia, e uma senhora que estava sentada diante de uma máquina de escrever Remington surgiu com um agradável sorriso de boas-vindas. Seu rosto se fechou, porém, quando ela viu que eu era um estranho, e ela se sentou novamente e perguntou o objeto da visita.

A primeira impressão deixada pela sra. Lyons foi de uma beleza extrema. Seus olhos e cabelos eram da mesma rica cor da avelã, e suas bochechas, embora bastante sardentas, eram coradas pelo viço delicado das morenas, o rosado suave que se esconde no coração da rosa sulfúrica. A primeira impressão foi, repito, de admiração. Mas a segunda foi de crítica. Havia alguma coisa sutilmente errada com o rosto dela, alguma rudeza de expressão, alguma dureza, talvez, nos olhos, alguma soltura de lábios que manchava sua beleza perfeita. Mas só pensei nisso, é claro, depois. No momento fiquei simplesmente consciente de estar na presença de uma mulher muito bonita, e de que ela me perguntava os motivos da visita. Até aquele instante, eu não entendera bem a delicadeza de minha missão.

— Tive o prazer — disse eu — de conhecer seu pai.

Foi uma introdução desastrada, e a senhora se assegurou de deixar isso óbvio.

— Não há nada em comum entre meu pai e eu — disse ela. — Não devo nada a ele, e os amigos dele não são meus. Se não fosse pelo falecido sir Charles Baskerville e algumas outras pessoas bondosas, eu teria morrido de fome. Se dependesse do meu pai, é o que teria acontecido.

— É por causa do falecido sir Charles Baskerville que estou aqui.

As sardas sobressaíram no rosto dela.

— O que posso dizer sobre ele? — perguntou ela, e seus dedos tocaram nervosamente as teclas da máquina de escrever.

— A senhora o conhecia, não conhecia?

— Já disse que devo muito à sua bondade. Devo meu sustento em grande parte ao interesse que ele teve por minha infeliz situação.

— A senhora se correspondeu com ele?

A senhora levantou rapidamente o olhar com um brilho zangado nos olhos de avelã.

— Qual é o objetivo dessas perguntas? — perguntou ela.

— O objetivo é evitar um escândalo público. É melhor fazê-las aqui do que ver o assunto sair do nosso controle.

Ela ficou em silêncio, com o rosto ainda muito pálido. Finalmente, levantou o olhar com um ar imprudente e desafiador.

— Vou responder — disse ela. — Quais são suas perguntas?

— A senhora se correspondeu com sir Charles?

— Escrevi-lhe uma ou duas vezes para reconhecer sua delicadeza e generosidade.

— A senhora tem as datas dessas cartas?

— Não.

— Já o encontrou pessoalmente?

— Sim, uma ou duas vezes, quando ele veio a Coombe Tracey. Era um homem muito recolhido, e preferia fazer o bem sem alardes.

— Mas se você o viu tão raramente e escreveu tão pouco, como é que ele sabia o suficiente sobre seus assuntos para ajudá-la, como afirma que ele fez?

Ela enfrentou minha dúvida com a máxima presteza.

— Vários senhores conheciam minha triste história e se uniram para me ajudar. Um deles foi o sr. Stapleton, vizinho e amigo íntimo de sir Charles. Ele foi extremamente gentil, e foi através dele que sir Charles descobriu sobre minha situação.

Eu já sabia que sir Charles Baskerville fizera de Stapleton seu assistente social em várias ocasiões, então a declaração da mulher parecia verdadeira.

— Alguma vez escreveu a sir Charles pedindo-o para se encontrar com a senhora? — continuei.

Ela voltou a corar de raiva.

— Essa é uma pergunta muito extraordinária.

— Lamento, minha senhora, mas preciso insistir.

— Então preciso responder que não.

— Nem no próprio dia da morte de sir Charles?

O rubor se desvanecera em um instante, e uma expressão mortífera se encontrou diante de mim. Os lábios secos não conseguiam falar o "não" que vi em vez de ouvir.

— Sua memória certamente a engana — disse eu. — Posso até citar uma passagem de sua carta. "Por favor, como é um cavalheiro, queime esta carta e esteja no portão às dez horas."

Pensei que ela tivesse desmaiado, mas recuperou-se com grande esforço.

— Não existem mais cavalheiros? — ofegou.

— Está sendo injusta com sir Charles. Ele queimou a carta, mas às vezes uma carta pode ser legível mesmo queimada. Reconhece agora que escreveu a ele?

— Sim, escrevi — exclamou ela, extravasando a sua alma em uma torrente de palavras. — Escrevi. Por que negar? Não tenho motivos para ter vergonha disso. Queria que ele me ajudasse. Acreditava que receberia essa ajuda se nos víssemos, então pedi para que ele me encontrasse.

— Mas por que a uma hora dessas?

— Porque tinha acabado de saber que ele estava de partida para Londres no dia seguinte e poderia ficar fora por meses. Havia razões que me impediam de chegar lá mais cedo.

— Mas por que um encontro no jardim em vez de uma visita à casa?

— Acha que uma mulher pode ir sozinha àquela hora à casa de um solteiro?

— E o que aconteceu quando a senhora chegou lá?

— Eu não fui.

— Sra. Lyons!

— Juro por tudo o que considero sagrado. Eu não fui. Alguma coisa interveio para impedir minha ida.

— E o que foi?

— É um assunto particular. Não posso dizer.

— Reconhece então que marcou um encontro com sir Charles na mesma hora e local em que ele morreu, mas nega ter comparecido.

— É a mais pura verdade.

Continuei interrogando-a, mas não consegui passar desse ponto.

— Sra. Lyons — disse eu ao me levantar daquela longa e inconclusiva entrevista —, a senhora está assumindo uma grande responsabilidade e se colocando em uma péssima posição ao não contar tudo o que sabe. Se eu precisar chamar a ajuda da polícia, a senhora vai descobrir o quão seriamente está comprometida. Se é inocente, por que negou ter escrito a sir Charles nessa data?

— Porque tenho medo de uma conclusão falsa que possa me envolver em um escândalo.

— E por que queria tanto que sir Charles destruísse sua carta?

— Se o senhor leu a carta, o senhor sabe.

— Não disse que li a carta toda.

— Até citou um trecho.

— Citei o pós-escrito. A carta, como eu disse, foi queimada, e não estava completamente legível. Pergunto-lhe mais uma vez por que queria tanto que sir Charles destruísse a carta recebida no dia de sua morte.

— O assunto é muito particular.

— Mais uma razão para evitar uma investigação pública.

— Vou contar, então. Se ouviu falar de minha história infeliz, sabe que me casei precipitadamente e que tive motivos para me arrepender.

— Foi o que ouvi falar.

— Minha vida tem sido uma perseguição incessante de um marido que abomino. A lei está do lado dele, e todos os dias sou confrontada pela possibilidade de ele me obrigar a viver com ele. Quando escrevi a carta para sir Charles, ficara sabendo que havia uma perspectiva de recuperar minha liberdade caso certas despesas pudessem ser pagas. Significava tudo para mim... Paz de espírito, felicidade, respeito próprio, tudo. Já conhecia a generosidade de sir Charles, e pensei que ele me ajudaria se ouvisse a história de meus próprios lábios.

— Então por que não foi ao encontro?

— Porque recebi ajuda de outra fonte nesse intervalo.

— Então por que não escreveu a sir Charles e explicou isso?

— É o que eu teria feito se não tivesse visto sobre a morte dele no jornal da manhã seguinte.

A história da mulher era coerente, e todas as minhas perguntas eram incapazes de abalá-la. Só podia verificar se ela instaurara mesmo um processo de divórcio contra o marido por volta da época da tragédia.

Era improvável que ela ousasse dizer que não estivera em Baskerville Hall caso realmente tivesse estado, pois teria precisado de condução para chegar lá e não poderia ter voltado a Coombe Tracey antes das primeiras horas da manhã. Uma excursão assim não poderia ser mantida em segredo. A probabilidade, portanto, era de que ela estivesse dizendo a verdade — ou, pelo menos, parte dela. Fiquei perplexo e desanimado. Encontrara mais uma vez o beco sem saída que parecia existir em cada caminho que eu seguia para tentar chegar ao fim da minha missão. E mesmo assim, quanto mais pensava no rosto e nos modos daquela senhora, mais sentia que ela estava me escondendo alguma coisa. Por que ficar tão pálida? Por que lutar contra todas as admissões até não poder mais? Por que ser tão reticente no momento da tragédia? Certamente a explicação de tudo não podia ser tão inocente como ela diz. Naquele momento não podia avançar mais nessa direção, mas precisava me voltar àquela outra pista entre as cabanas de pedra da charneca.

O que era uma direção muito vaga, como percebi quando voltei de carroça e notei que toda colina mostrava vestígios do povo antigo. A única indicação de Barrymore era que o estranho vivia em uma dessas cabanas abandonadas, e algumas centenas delas estavam espalhadas por todo o comprimento da região. Mas eu tinha minha própria experiência como guia, já que vira o próprio homem de pé no cume do rochedo negro. Aquele, então, deveria ser o centro de minha busca. De lá exploraria todas as cabanas da charneca até encontrar a certa. Se o homem estivesse dentro de uma delas, eu descobriria, de seus próprios lábios ou do outro lado do meu revólver, se necessário, quem ele era e por que tinha nos perseguido por tanto tempo. Ele podia fugir de nós na multidão da Regent Street, mas não conseguiria fazer isso na charneca solitária. Por outro lado, se eu encontrasse a cabana e o inquilino não estivesse dentro dela, eu permaneceria lá, por mais longa que fosse a vigília, até sua volta. Holmes não conseguira pegá-lo em Londres. Seria realmente um triunfo conseguir fazer o que meu mestre falhou.

A sorte estivera contra nós durante aquele inquérito, mas agora, finalmente, chegara em meu auxílio. E o mensageiro da boa sorte não era outro senão o sr. Frankland, que estava em frente ao portão de seu jardim, que se abria para a estrada por que eu viajava, com o rosto vermelho e os bigodes cinzentos.

— Bom dia, dr. Watson — cumprimentou-me com bom humor. — Dê um descanso aos cavalos e entre para tomar uma taça de vinho e me parabenizar.

Meus sentimentos por ele estavam longe de amigáveis depois do que ouvira sobre o tratamento que tinha dado à filha, mas queria mesmo enviar Perkins e a carroça para casa, e aquela oportunidade era boa. Concordei e enviei uma mensagem a sir Henry avisando que voltaria a pé a tempo para o jantar. Depois, segui Frankland até sua sala de jantar.

— É um grande dia para mim, senhor. Um dos melhores da minha vida — ele exclamou, muito sorridente. — Promovi um evento duplo. Quero ensinar às pessoas destas partes que lei é lei, e que há aqui um homem que não tem medo de invocá-la. Estabeleci uma servidão pelo centro do parque do velho Middleton, bem no meio dele, a menos de cem metros da porta da frente. O que acha disso? Vamos ensinar a esses magnatas que não podem passar por cima dos nossos direitos, confundindo-os! E eu fechei a mata onde os Fernworthy costumava fazer piqueniques. Essas pessoas infernais parecem pensar que não existem direitos de propriedade e que podem se aglomerar onde querem com seus papéis e suas garrafas. Os dois casos foram decididos, dr. Watson, e ambos a meu favor. Não tinha um dia assim desde que peguei sir John Morland por violação de propriedade por ter atirado na própria coutada.

— Como fez isso?

— Procure nos livros, senhor. É uma boa leitura: *Frankland contra Morland*, Tribunal Superior de Justiça. Custou-me duzentas libras, mas recebi meu veredito.

— Serviu-lhe de alguma coisa?

— Nada, senhor, nada. Tenho orgulho em dizer que não tinha interesse nenhum no assunto. Ajo inteiramente por um senso de dever público. Não tenho dúvidas, por exemplo, de que o povo de Fernworthy me queimará em efígie esta noite. Da última vez que fizeram isso, falei à polícia que deviam parar com aquelas exposições vergonhosas. A polícia do condado está num estado deplorável, senhor, e não me dá a proteção a que tenho direito. O caso *Frankland contra Regina* levará o assunto à atenção do público. Disse-lhes que teriam oportunidade de se arrepender do tratamento que me deram, e minhas palavras já se tornaram realidade.

— Como assim? — perguntei.

O velho assumiu uma expressão astuta.

— Porque posso contar a eles o que estão morrendo de vontade de saber, mas nada me induziria a ajudar aqueles malandros.

Eu estava procurando uma desculpa para desviar o assunto daquelas fofocas, mas comecei a querer saber mais. Já vira o suficiente da natureza teimosa do velho para entender que qualquer sinal de interesse claro era a maneira mais segura de parar as confidências.

— Algum caso de caça ilegal, sem dúvida... — disse eu de maneira indiferente.

— Ha, ha, meu rapaz, um assunto muito mais importante do que isso! Sabe o condenado na charneca?

Encarei-o.

— Quer dizer que sabe onde ele está? — perguntei.

— Posso não saber a localização exata, mas tenho certeza de que posso ajudar a polícia a colocar as mãos nele. Nunca parou para pensar que a melhor maneira de apanhar esse homem é descobrir onde ele consegue comida e rastreá-la até ele?

Ele parecia mesmo estar se aproximando desconfortavelmente da verdade.

— Sem dúvida — disse eu —, mas como sabe que ele está mesmo na charneca?

— Sei porque vi com meus próprios olhos o homem que lhe leva a comida.

Meu coração ficou pesado por Barrymore. Era uma coisa séria estar no poder daquele velho maldoso e intrometido. Mas sua próxima observação aliviou minha mente.

— Ficará surpreso ao saber que a comida dele é levada por uma criança. Vejo o menino todos os dias pelo meu telescópio no telhado. Ele sempre passa pelo mesmo caminho à mesma hora, e quem mais pode encontrar, senão o condenado?

Que sorte! E mesmo assim consegui suprimir toda a aparência de interesse. Uma criança! Bem que Barrymore tinha dito que nosso desconhecido era servido por um menino. Frankland tropeçara, então, no caminho dele, não no do condenado. Se eu conseguisse descobrir o que ele sabia, pouparia uma longa e cansativa caçada pelas colinas. Mas a incredulidade e indiferença eram, evidentemente, minhas cartas mais fortes.

— Acho muito mais provável ser o filho de um dos pastores da charneca levando o jantar do pai — disse eu.

O menor sinal de oposição acendeu o fogo do velho autocrata. Seus olhos me encararam malignamente, e seus bigodes cinzentos se enrugaram como os de um gato furioso.

— Ora, senhor! — disse ele, apontando para a charneca. — Está vendo aquele rochedo cinzento bem ali? Está vendo a colina baixa com o espinheiro no topo? É a parte mais pedregosa de toda a charneca. Parece um lugar onde um pastor ficaria? Sua sugestão, senhor, é muito absurda.

Respondi mansamente que falara sem conhecer todos os fatos. Minha submissão agradou o homem e o levou a novas confidências.

— Pode ter certeza, senhor, de que penso muito antes de chegar a uma opinião. Vi o menino repetidamente com a trouxa. Todos os dias, às vezes duas vezes por dia, consegui… Um momento, dr. Watson. Meus olhos estão me enganando ou alguma coisa está se mexendo naquela encosta agora mesmo?

Estava a vários quilômetros de distância, mas vi claramente um pequeno ponto preto contra o verde e cinza.

— Venha, senhor, venha! — exclamou Frankland, correndo para o andar de cima. — Verá com seus próprios olhos e julgará por conta própria.

O telescópio, um instrumento formidável montado sobre um tripé, estava sobre as folhas de chumbo do telhado. Frankland grudou o olho nele e deu um grito de satisfação.

— Rápido, dr. Watson, rápido, antes que ele passe pela colina!

Lá estava ele, com certeza: um pequeno rapazote com uma trouxa sobre o ombro, andando lentamente colina acima. Quando chegou ao cume, vi por um instante a figura esfarrapada delineada contra o céu azul e frio. O homem olhou em volta com um ar furtivo, como alguém que teme ser encontrado. Depois, desapareceu.

— Estou certo ou não?!

— Certamente há um menino que parece ter uma missão secreta.

— E até um policial do condado saberia ver qual missão é essa. Mas não terão uma única palavra de mim, e também o obrigo a guardar segredo, dr. Watson. Nem uma palavra! Entendeu?

— Como quiser.

— Eles me tratam vergonhosamente. Quando os fatos vierem à tona em *Frankland contra Regina*, ouso pensar que toda a região ficará indignada. Nada me levaria a ajudar a polícia de forma alguma. Não dariam a mínima se eu mesmo fosse queimado em vez de minha efígie. Mas já vai embora? Precisa me ajudar a esvaziar a garrafa em honra dessa grande ocasião!

Mas resisti a todas as solicitações e consegui dissuadi-lo da anunciada intenção de ir para casa comigo. Segui pela estrada enquanto ele estava de olho em mim, e depois atravessei a charneca e fui para a colina pedregosa sobre a qual o menino desaparecera. Tudo estava a meu favor, e jurei que não seria por falta de energia ou perseverança que eu perderia a chance que a sorte pusera em meu caminho.

O sol já estava se pondo quando cheguei ao cume, e as longas encostas abaixo de mim estavam pintadas de verde dourado de um lado e sombrias do outro. Uma névoa se estendia pelo horizonte, onde se destacaram as formas fantásticas dos picos Belliver e Vixen. Em toda a extensão da charneca não havia som nem movimento. Um grande pássaro cinza, uma gaivota ou um maçarico, atravessou o céu. Ele e eu parecíamos ser os únicos seres vivos entre a abóbada celeste e o deserto abaixo dela. A região desolada, a sensação de solidão e o mistério e urgência da minha tarefa me arrepiavam o coração. Não encontrei o menino, mas, abaixo de mim, em uma fenda das colinas, havia um círculo das antigas cabanas de pedra, e uma delas mantivera cobertura suficiente para agir como proteção contra o tempo. Meu coração saltou quando a vi. Devia ser a toca onde o desconhecido se escondera. Meu pé estava finalmente na soleira do esconderijo dele — aquele segredo estava ao meu alcance.

Quando me aproximei da cabana, andando com tanta cautela como Stapleton faria com a rede pronta para pegar uma borboleta, convenci-me de que aquele lugar havia mesmo sido usado como moradia. Um caminho vago entre as rochas levava à abertura dilapidada que servia como porta. Por dentro, tudo estava silencioso. O desconhecido podia estar ali, à espreita, ou podia estar rondando a charneca. Meus nervos formigavam com a sensação de aventura. Jogando o cigarro fora, levei a mão ao cabo do revólver e, subindo rapidamente à porta, olhei para dentro da cabana. Estava vazia.

Mas havia vários sinais de que a pista não era falsa. Era certamente onde o homem vivia. Alguns cobertores enrolados em uma capa de chuva estavam sobre a mesma placa de pedra sobre a qual o homem neolítico dormira no passado. As cinzas de uma fogueira estavam amontoadas em uma grelha rude. Ao lado dela havia alguns utensílios de cozinha e um balde com água até a metade. Um punhado de latas vazias mostrava que o lugar estava ocupado há algum tempo, e eu pude ver, quando meus olhos se acostumaram à luz, uma caneca e uma garrafa, com ainda algum álcool, de pé, no canto. No meio da cabana uma pedra plana servia como mesa, e sobre ela estava um pequeno feixe de pano — o mesmo, sem dúvida, que eu vira sobre o ombro do menino no telescópio. Continha pão, salsicha enlatada e duas latas de pêssegos em conserva. Quando examinei o conteúdo com mais atenção, meu coração saltou ao ver que debaixo dele havia um pedaço de papel com uma mensagem. Levantei-o, e isto foi o que li rabiscado a lápis: “O dr. Watson foi a Coombe Tracey”.

Fiquei ali por um momento com o papel nas mãos, pensando no significado daquela mensagem. Era eu, então, e não sir Henry, que estava sendo perseguido por aquele homem. O homem em si não me seguira, mas pusera um agente — o menino, talvez — na minha cola, e aquele era o relatório. Era possível que eu não tivesse dado nenhum passo na charneca sem ser observado e informado. Sempre houve a sensação de ter uma força invisível, uma fina rede tecida com infinita habilidade e delicadeza à nossa volta, envolvendo-nos tão suavemente que só em momentos extremos percebíamos que estávamos emaranhados em suas malhas.

Se havia um relatório, podia haver outros, então olhei pela cabana em busca deles. Não encontrei, porém, nenhum vestígio nem pude descobrir sinais que indicassem o caráter ou as intenções do homem que vivia naquele lugar singular, a não ser que ele devia ser de hábitos espartanos e fazer pouca questão pelos confortos da vida. Quando pensava nas fortes chuvas e olhava para o buraco no telhado, entendia a força e imutabilidade do propósito que o mantinha naquela moradia inóspita. Era ele nosso inimigo maligno, ou será que era por acaso nosso anjo da guarda? Não sairia da cabana até saber.

Lá fora o sol se punha e o oeste ardia em escarlate. O reflexo coloria as lagoas distantes do grande atoleiro de Grimpen. Eu podia ver as duas torres de Baskerville Hall, além de um distante borrão de fumaça marcando a aldeia de Grimpen. Entre as duas, atrás da colina, ficava a casa dos Stapleton. Tudo parecia calmo e pacífico à luz dourada do entardecer, e mesmo assim, olhando para todas essas coisas, minha alma não compartilhava da paz da natureza, mas tremia com a imprecisão e o terror daquele encontro que se aproximava mais a cada instante. Com os nervos formigando, mas decidido, sentei-me no recanto escuro da cabana e esperei com paciência pela vinda do inquilino.

E então finalmente ouvi-o. Veio de longe o som seco de uma bota contra a pedra. Depois outro e mais outro, aproximando-se cada vez mais. Encolhi-me no canto mais escuro e enfiei a pistola no bolso, determinado a não me revelar antes de ter a oportunidade de ver algum detalhe do desconhecido. Uma longa pausa se seguiu, indicando que ele havia parado. Então, mais uma vez, os passos se aproximaram, e uma sombra caiu sobre a abertura da cabana.

— A noite está ótima, meu caro Watson — disse uma voz conhecida. — Acho que ficará mais confortável aqui fora do que aí dentro.

CAPÍTULO 12

MORTE NA CHARNECA

Por um momento ou dois sentei-me sem fôlego, mal conseguia acreditar nos meus ouvidos. Então meus sentidos e minha voz voltaram enquanto um peso esmagador de responsabilidade parecia abandonar minha alma. Aquela voz fria, incisiva e irônica só podia pertencer a um homem em todo o mundo.

— Holmes! — exclamei. — Holmes!

— Saia — disse ele. — E, por favor, tenha cuidado com o revólver.

Inclinei-me pelo lintel[2] grosseiro, e lá fora ele estava sentado sobre uma pedra, os olhos cinzentos dançando com diversão ao caírem sobre minhas feições espantadas. Ele estava magro e desgastado, mas sóbrio e alerta, o rosto aguçado bronzeado pelo sol e enrugado pelo vento. Com o terno de *tweed* e o boné de pano, poderia ser qualquer outro turista na charneca, e ele tinha conseguido, com o amor por limpeza pessoal

2. Peça dura de acabamento de construção feita de materiais diversos; verga. (N. do E.)

que era uma de suas características, que seu queixo ficasse tão liso e as roupas tão perfeitamente limpas como se estivesse na Baker Street.

— Nunca fiquei tão feliz por ver alguém na minha vida — disse eu enquanto apertava sua mão.

— Ou mais surpreso, hein?

— Bem, devo confessar que sim.

— Não foi só você, posso garantir. Não fazia ideia de que tinha encontrado meu retiro ocasional, muito menos que estivesse dentro dele, até chegar a menos de vinte passos da porta.

— Minha pegada, presumo?

— Não, Watson, temo não poder reconhecer sua pegada em meio a todas as pegadas do mundo. Se um dia quiser seriamente me enganar, mude de tabacaria, pois quando vejo o toco de um cigarro marcado Bradley, Oxford Street, sei que meu amigo Watson está na vizinhança. Você o encontrará pelo caminho. Jogou-o no chão, sem dúvida, no momento supremo em que entrou na cabana vazia.

— Exatamente.

— Foi o que pensei. E, conhecendo sua admirável tenacidade, eu estava convencido de que você estaria pronto para me emboscar com uma arma ao alcance, esperando a volta do inquilino. Achou mesmo que eu fosse o criminoso?

— Não sabia quem era, mas estava determinado a descobrir.

— Excelente, Watson! E como é que me localizou? Você me viu, talvez, na noite da caça ao condenado, quando eu fui imprudente a ponto de permitir que a lua se levantasse atrás de mim?

— Sim, eu vi você.

— E sem dúvida você revistou todas as cabanas até chegar a esta.

— Não. Viram seu menino, e isso me deu uma pista de onde procurar.

— O velho com o telescópio, sem dúvida. Não consegui entender o que era quando vi a luz na lente pela primeira vez. — Ele se levantou e espreitou para dentro da cabana. — Ha, vejo que Cartwright trouxe alguns mantimentos. O que é esse jornal? Então você esteve em Coombe Tracey?

— Sim.

— Para ver a sra. Laura Lyons?

— Exatamente.

— Muito bem! Nossas pesquisas têm evidentemente andado em paralelo. Quando unirmos nossos resultados, espero que tenhamos um conhecimento bastante completo do caso.

— Estou contente, de coração, por você estar aqui. A responsabilidade e o mistério estavam se tornando demais para os meus nervos. Mas como veio para cá, e o que tem feito? Pensei que estava em Baker Street resolvendo aquele caso da chantagem.

— Era isso que eu queria que você pensasse.

— Então você me usa, mas ainda assim não confia em mim! — exclamei com alguma amargura. — Acho que já mereci mais de você, Holmes.

— Meu caro amigo, você tem sido inestimável para mim neste como em muitos outros casos, e peço que me perdoe se acha que preguei uma peça em você. Na verdade, foi em parte para o seu próprio bem que fiz isso, e foi meu apreço pelo perigo que você estava correndo que me levou a vir até aqui e examinar o assunto por conta própria. Se eu estivesse com sir Henry e você, meu ponto de vista teria sido o mesmo que o seu, e minha presença teria alertado nossos formidáveis adversários. Da forma como estamos agora, consegui fazer como não poderia ter feito vivendo na casa, e continuo um fator desconhecido nos acontecimentos, pronto para agir em um momento crítico.

— Mas por que guardar segredo de mim?

— Seu conhecimento não teria nos ajudado em nada, e poderia até ter levado à minha descoberta. Você iria querer me dizer alguma coisa ou, em sua gentileza, me traria algum conforto ou outro, e assim um risco desnecessário seria corrido. Trouxe Cartwright comigo, você se lembra do pequeno sujeito na agência, e ele cuidou de minhas vontades simples: um pão e um colarinho limpo. O que mais um homem pode querer? Ele me deu um par de olhos extra e um par de pés muito ativos, e ambos foram inestimáveis.

— Então meus relatórios foram todos desperdiçados! — Minha voz tremeu quando me lembrei das dores e do orgulho com que os tinha composto.

Holmes tirou um maço de papéis do bolso.

— Aqui estão seus relatórios, caro amigo, e muito bem manuseados, posso garantir. Fiz excelentes arranjos, e eles só se atrasaram um dia na chegada. Devo elogiar você pelo zelo e pela inteligência que demonstrou em um caso extraordinariamente difícil.

Eu ainda estava bastante magoado por ter sido enganado daquele jeito, mas o calor dos elogios de Holmes afastou a raiva de minha mente. Senti também que ele estava certo no que dizia, e que havia sido realmente melhor para nosso propósito minha ignorância sobre sua presença na charneca.

— Assim é melhor — disse ele ao ver a sombra sumir de minhas feições. — E agora me conte o resultado da sua visita à sra. Laura Lyon. Não foi difícil deduzir que você tinha partido para visitá-la, pois já estou ciente de que ela é a única pessoa em Coombe Tracey que pode ser de alguma utilidade para nós. Na verdade, se não tivesse ido hoje, é extremamente provável que eu fosse amanhã.

O sol se pusera, e o crepúsculo se assentava sobre a charneca. Retiramo-nos para dentro da cabana em uma tentativa de escapar do ar frio. Ali, sentados juntos no crepúsculo, contei a Holmes minha conversa com a senhora. Ele estava tão interessado que precisei repetir algumas partes duas vezes para que ele ficasse satisfeito.

— Isso é muito importante — disse ele quando terminei. — Preenche uma lacuna que eu não fui capaz de preencher nesse caso tão complexo. Você está ciente, talvez, de que existe uma intimidade entre essa senhora e Stapleton.

— Eu não sabia disso.

— Não há dúvidas. Eles se encontram, se correspondem, há um entendimento completo entre eles. Agora, isso coloca uma arma muito poderosa nas nossas mãos. Se eu conseguir usá-la para retirar a esposa dele...

— Esposa dele?

— Estou dando a você algumas informações em troca de tudo o que me deu. A senhora que se passou por srta. Stapleton é, na realidade, esposa dele.

— Meu Deus, Holmes! Tem certeza do que diz? Como ele pôde permitir que sir Henry se apaixonasse por ela?

— A paixão de sir Henry não pode fazer mal a ninguém que não seja o próprio sir Henry. Ele tomou um cuidado especial para que sir Henry não a cortejasse, como você mesmo observou. Repito que aquela senhora é esposa, e não irmã, daquele homem.

— Mas por que esse engano tão elaborado?

— Porque ele previu que ela seria muito mais útil para ele como uma mulher livre.

Todos os meus instintos não ditos, minhas vagas suspeitas, de repente tomaram forma e se concentraram no naturalista. Naquele homem impassível e incolor, com seu chapéu de palha e sua rede de borboletas, eu parecia ver uma coisa terrível — uma criatura de infinita paciência e arte, com o rosto sorridente e um coração assassino.

— É ele, então, o nosso inimigo. Foi ele que nos perseguiu em Londres?

— É o que penso.

— E o aviso... deve ter vindo dela!

— Exatamente.

A forma de uma monstruosa vilania, revelada apenas pela metade, se mostrava na escuridão que por tanto tempo me envolvera.

— Mas tem certeza disso, Holmes? Como sabe que a mulher é esposa dele?

— Porque ele se distraiu a ponto de lhe contar uma parte verdadeira da própria história na ocasião em que se conheceram, e ouso dizer que ele se arrepende muito disso. Ele já foi diretor de uma escola no norte da Inglaterra. Não há ninguém mais fácil de localizar do que um diretor de colégio. Existem agências escolares por meio das quais é possível identificar qualquer pessoa que tenha exercido a profissão. Uma pequena investigação me mostrou que uma escola sofrera circunstâncias atrozes, e que o proprietário, com um nome diferente, havia desaparecido com a esposa. As descrições eram as mesmas. Quando soube que o homem desaparecido se dedicava à entomologia, a identificação foi completa.

A escuridão se dissipava, mas muito ainda estava escondido pelas sombras.

— Se aquela mulher é mesmo a esposa dele, onde entra a sra. Laura Lyons? — perguntei.

— Esse é um dos pontos sobre os quais suas próprias pesquisas lançaram uma luz. A entrevista com a senhora esclareceu muito bem a situação. Eu não sabia de um divórcio entre ela e o marido. Nesse caso, considerando Stapleton um homem solteiro, ela pretendia, sem dúvidas, tornar-se sua esposa.

— E quando ela descobrir tudo?

— É então que ela nos ajudará. Nosso primeiro dever será visitá-la juntos amanhã. Não acha, Watson, que já ficou longe do seu cargo por tempo demais? Seu lugar é em Baskerville Hall.

O resto de vermelho havia desparecido no oeste, e a noite se estendera pela charneca. Algumas estrelas fracas brilhavam em um céu violeta.

— Uma última pergunta, Holmes — disse eu quando me levantei. — Certamente não há necessidade de segredo entre nós dois. Qual é o significado de tudo isso? O que é que ele quer?

A voz de Holmes ficou sombria quando ele respondeu.

— Assassinato, Watson. Assassinato refinado e deliberado a sangue frio. Não me peça detalhes. Minhas redes estão se fechando sobre ele, assim como as dele sobre sir Henry, e com sua ajuda ele já está quase à minha mercê. Só há um perigo que pode nos ameaçar: de que ele ataque antes que estejamos prontos para fazer o mesmo. Meu caso estará completo em mais um dia ou dois, no máximo, mas até lá proteja nosso amigo tão cuidadosamente quanto uma mãe sobre o filho doente. Sua missão de hoje foi justificada, e ainda assim eu quase posso preferir que você não tivesse saído do lado dele. Ouça!

Um grito terrível — um berro prolongado de horror e angústia — surgiu do silêncio da charneca. O grito assustador transformou o sangue nas minhas veias em gelo.

— Meu Deus! — ofeguei. — O que foi isso? O que é que isso significa?

Holmes ficara de pé, e eu vi o contorno escuro e atlético na porta da cabana, os seus ombros inclinados, a cabeça para frente, o rosto espreitando a escuridão.

— Silêncio! — sussurrou ele. — Silêncio!

O grito parecera alto em razão de sua veemência, mas viera de algum lugar muito distante na planície escura. Agora feria nossos ouvidos, mais perto, mais alto, mais urgente do que antes.

— Onde está? — Holmes sussurrou, e eu soube pela emoção na voz dele que o homem de ferro estava abalado. — Onde está, Watson?

— Para lá, acho. — Apontei para a escuridão.

— Não, lá!

Mais uma vez o grito agonizante cortou a noite silenciosa, mais alto e mais próximo do que nunca. E um novo som se misturava a ele, um rosnado baixo e profundo, musical e ameaçador, subindo e descendo como o murmúrio baixo e constante do mar.

— O cão! — exclamou o Holmes. — Rápido, Watson, rápido! Meu Deus, se chegarmos tarde demais!

Ele começara a correr rapidamente pela charneca, e eu o seguia da melhor forma possível. Mas então, de algum lugar entre o solo rachado imediatamente à nossa frente, veio um último grito desesperado, e depois um baque pesado. Paramos e ouvimos. Não havia mais sons no silêncio pesado da noite sem vento.

Vi Holmes levar a mão à testa como um homem distraído. Ele bateu os pés no chão.

— Ele nos venceu, Watson. Chegamos tarde demais.

— Não, não, certamente não!

— Fui idiota de hesitar. E você, Watson, veja o que acontece quando abandona seu posto! Mas, por Deus, se o pior aconteceu, vamos vingá-lo!

Corremos às cegas pela escuridão, deslizando nas rochas, forçando o caminho por arbustos de tojo, ofegando por colinas e encostas, sempre na direção de onde aqueles sons terríveis pareciam ter vindo. A cada subida, Holmes olhava ansiosamente em volta, mas as sombras eram espessas e nada se movia na face sombria da charneca.

— Consegue ver alguma coisa?

— Nada.

— Ouça, o que é isso?

Um gemido baixo tinha alcançado os nossos ouvidos. Lá estava novamente, à esquerda! Daquele lado, uma cadeia de rochedos terminava em um penhasco escarpado, que dominava uma encosta pedregosa. Sobre ela se encontrava um objeto escuro e irregular. Enquanto corríamos em direção a ele, o contorno vago se tornou uma forma definida. Era um homem prostrado de bruços no chão, a cabeça curvada em um ângulo horrível, os ombros caídos e o corpo torcido como se estivesse prestes a dar uma cambalhota. A atitude era tão grotesca que não pude perceber, por um instante, que o gemido fora o passamento de sua alma. Não restava som na figura sombria sobre a qual nos inclinamos. Holmes pôs a mão sobre o corpo e o levantou com uma exclamação de horror. O brilho do fósforo que ele acendeu caiu sobre seus dedos sujos e sobre a poça sinistra que aumentava lentamente de tamanho a partir do crânio esmagado da vítima. E caiu sobre outra coisa que nos pesou o coração: o corpo de sir Henry Baskerville!

Nenhum de nós poderia ter se esquecido daquele peculiar terno de *tweed* rosado — o mesmo que usara quando o conhecemos em Baker Street. Tivemos um único vislumbre claro, e depois o fogo tremeluziu e se apagou da mesma forma que a esperança em nossas almas. Holmes gemeu, e seu rosto ficou branco na escuridão.

— O animal! O animal! — exclamei com as mãos cerradas. — Ah, Holmes, eu nunca vou me perdoar por tê-lo deixado sozinho.

— Sou mais culpado do que você, Watson. Para ter um caso bem amarrado e completo, joguei fora a vida do cliente. É o maior golpe de minha carreira. Mas como poderia saber que ele arriscaria a vida sozinho na charneca, diante de todos os avisos?

— E nós ouvimos os gritos! Meu Deus, os gritos! E ainda não conseguimos salvá-lo! Onde estará o maldito cachorro que o levou à morte? Pode estar espreitando por entre essas rochas agora mesmo. E Stapleton, onde está? Ele vai responder por isso.

— Com certeza. Eu vou cuidar disso. O tio e o sobrinho foram assassinados, um morto de medo pela visão de uma fera que pensava ser sobrenatural, outro levado ao seu fim na tentativa selvagem de fugir dela. Mas agora temos de provar a ligação entre homem e animal. Salvo pelo que ouvimos, não podemos nem garantir a existência do bicho, uma vez que sir Henry evidentemente morreu na queda. Mas, pelos céus, por mais astuto que possa ser, esse sujeito estará em meu poder antes do fim do dia de amanhã!

Ficamos com o coração amargurado dos dois lados do corpo mutilado, esmagados pelo súbito e irrevogável desastre que levara nossos longos e desgastantes trabalhos ao fim. Então, quando a lua apareceu, subimos ao topo das rochas sobre as quais nosso pobre amigo caíra, e de cima contemplamos a charneca sombria, prateada e escura. Ao longe, a quilômetros de distância, na direção de Grimpen, uma única luz amarela brilhava. Só podia vir da casa solitária dos Stapleton. Com um xingamento amargo, sacudi o punho enquanto olhava para ela.

— Por que não o prendemos de uma vez?

— Nosso caso não está completo. Esse sujeito é extremamente cauteloso e astuto. Não é o que nós sabemos, mas o que podemos provar. Se fizermos um movimento em falso, o vilão ainda poderá nos escapar.

— O que podemos fazer?

— Teremos muito a fazer amanhã. Hoje só podemos realizar os últimos ofícios para nosso pobre amigo.

Juntos descemos a encosta e nos aproximamos do corpo. A agonia daqueles membros contorcidos me atingiu com um espasmo de dor e embaçou meus olhos com lágrimas.

— Precisamos pedir ajuda, Holmes! Não podemos levá-lo até Baskerville Hall. Meu Deus, você está louco?

Ele exclamou e se inclinou sobre o corpo. Agora ele estava dançando, rindo e apertando minha mão. Podia ser aquele meu amigo austero e contido? Era mesmo um lado desconhecido!

— Uma barba! Uma barba! O homem tem barba!

— Uma barba?

— Não é o baronete! É o meu vizinho, o condenado!

Com pressa viramos o corpo, e a barba ensanguentada apontou para a lua fria e clara. Não podia haver dúvidas sobre a testa sobressalente, os olhos afundados de animal. Era o mesmo rosto que eu vira à luz da vela em cima da rocha — o rosto de Selden, o criminoso.

Então, em um instante, ficou tudo claro para mim. Lembrei-me de como o baronete me dissera que ele havia entregado suas antigas roupas a Barrymore. Barrymore as dera para ajudar Selden na fuga. Botas, camisa, chapéu — eram todos de sir Henry. A tragédia ainda era horrível, mas aquele homem pelo menos merecia a morte pelas leis de seu país. Contei a Holmes sobre o acontecido, meu coração borbulhando de gratidão e alegria.

— Então as roupas foram a morte do pobre diabo — disse ele. — Parece claro que o cão foi acionado por um artigo de sir Henry, provavelmente a bota roubada no hotel, e avançou sobre este homem. Mas há uma coisa muito singular: como é que Selden, na escuridão, soube que o cão estava em seu encalço?

— Ele o ouviu.

— Ouvir um cachorro na charneca não faria um homem como este entrar em um estado de terror que o leva a correr o risco de ser capturado ao sair gritando loucamente por ajuda. Pelos gritos, ele correu por um longo caminho depois de saber que o animal estava em seu encalço. Como ele soube?

— Um mistério maior para mim é por que esse cão, presumindo que todas as nossas conjecturas estejam corretas...

— Não presumo nada.

— Bem, então por que esse cão estava solto hoje à noite? Suponho que ele não fique o tempo todo na charneca. Stapleton não o soltaria assim a menos que tivesse razões para pensar que sir Henry estaria aqui.

— Minha dificuldade é a mais formidável, pois penso que muito em breve teremos uma explicação para sua dúvida, enquanto a minha poderá permanecer um mistério para sempre. A questão agora é o que devemos fazer com o corpo desse pobre desgraçado? Não podemos deixá-lo aqui para as raposas e os corvos.

— Sugiro que o coloquemos em uma das cabanas até podermos falar com a polícia.

— Exatamente. Não tenho dúvidas de que você e eu podemos carregá-lo agora. Ora, Watson, o que é isso? É o próprio homem, por Deus! Não diga nada sobre nossas suspeitas, senão meus planos desmoronam.

Uma figura se aproximava pela charneca, e vi o brilho vermelho de um charuto. A lua brilhou sobre ele, e eu pude distinguir a forma suave e o passo alegre do naturalista. Ele parou quando nos viu, e depois continuou.

— Ora, dr. Watson, não é o senhor, é? O último homem que eu esperava ver na charneca a essa hora da noite. Mas, meu caro, o que é isso? Alguém está ferido? Não me diga que é nosso amigo sir Henry! — Ele se apressou a passar por mim e se inclinou sobre o homem morto. Ouvi-o ofegar, e o charuto lhe caiu dos dedos.

— Quem... Quem é esse? — gaguejou ele.

— É Selden, o homem que fugiu de Princetown.

Stapleton virou uma expressão horrível em nossa direção, mas, com um esforço supremo, ele superou o espanto e a decepção. Olhou com ar aguçado de Holmes para mim.

— Minha nossa! Que coisa chocante! Como é que ele morreu?

— Parece ter quebrado o pescoço ao cair sobre as rochas. Meu amigo e eu estávamos passeando pela charneca quando ouvimos um grito.

— Eu também ouvi um grito. Foi isso que me trouxe aqui. Estava preocupado com sir Henry.

— Por que com sir Henry em particular? — não pude deixar de perguntar.

— Porque eu sugeri a ele uma visita. Quando ele não apareceu, fiquei surpreso, e naturalmente fiquei alarmado por sua segurança quando ouvi gritos na charneca. A propósito — os olhos dele passaram de novo do meu rosto ao de Holmes —, os senhores ouviram mais alguma coisa além do grito?

— Não — disse Holmes. — O senhor ouviu?

— Não.

— O que quer dizer, então?

— Ah, conhece as histórias que os camponeses contam sobre um cachorro fantasma, coisas assim. Dizem que ele pode ser ouvido na charneca à noite. Estava pensando se haveria alguma prova de um som assim na noite de hoje.

— Não ouvimos nada desse tipo — disse eu.

— E qual é a sua teoria sobre a morte desse pobre coitado?

— Não tenho dúvidas de que a ansiedade e exposição o fizeram perder a cabeça. Ele correu pela charneca em um estado de loucura e acabou caindo aqui e quebrando o pescoço.

— Parece a teoria mais razoável — disse Stapleton, e deu um suspiro que entendi que pretendia indicar alívio. — O que pensa disso, sr. Sherlock Holmes?

Meu amigo se curvou em cumprimento.

— O senhor é rápido na identificação — disse ele.

— Estamos à sua espera por aqui desde que o dr. Watson apareceu. Chegou a tempo de ver uma tragédia.

— Sim, realmente. Não tenho dúvidas de que a explicação do meu amigo cobrirá os fatos. Vou levar comigo uma lembrança desagradável para Londres amanhã.

— Ah, já volta amanhã?

— É essa a minha intenção.

— Espero que sua visita tenha lançado alguma luz sobre as ocorrências que tanto nos intrigaram.

Holmes encolheu os ombros.

— Não é sempre possível ter o sucesso esperado. Um investigador precisa de fatos, não de lendas ou rumores. Não tem sido um caso satisfatório.

Meu amigo falou da forma mais franca e despreocupada que conseguiu. Stapleton ainda o encarava. Depois, virou-se para mim.

— Poderia sugerir levar este pobre sujeito para minha casa, mas isso daria em minha irmã um susto tamanho que não me sinto no direito de fazê-lo. Acho que ele ficará seguro até de manhã se lhe cobrirmos o rosto.

E assim foi feito. Resistindo à oferta de hospitalidade de Stapleton, Holmes e eu partimos para Baskerville Hall, deixando o naturalista sozinho. Olhando para trás, vimos a figura se afastando lentamente pela charneca, e atrás dele aquela mancha negra na encosta iluminada, mostrando a localização do homem que chegara tão horrivelmente ao seu fim.

— Estamos finalmente próximos do fim — disse Holmes enquanto atravessávamos juntos a charneca. — Que nervos tem esse sujeito! A forma como ele se recompôs diante do que deve ter sido um choque ao descobrir que o homem errado caíra vítima de sua trama... Eu disse em

Londres, Watson, e volto a dizer: nunca tivemos um inimigo mais digno.

— Lamento que ele tenha visto você.

— E eu também, no início. Mas já aconteceu.

— Que efeito acha que isso terá nos planos dele, agora que sabe que você está aqui?

— Pode levá-lo a ser mais cauteloso ou pode levá-lo a tomar medidas desesperadas. Como a maioria dos criminosos inteligentes, ele pode estar confiante demais na própria esperteza e imaginar que nos enganou completamente.

— Por que não o prendemos de uma vez por todas?

— Meu caro Watson, você nasceu para ser um homem de ação. Seu instinto é sempre de fazer alguma coisa energética, mas supondo, para esta discussão, que o prendamos agora, de que adiantaria? Não podemos provar nada contra ele. É aí que está a astúcia! Se ele estivesse agindo através de um agente humano, poderíamos conseguir algumas provas, mas trazer o cão para a luz do dia não nos ajudaria a pôr uma corda no pescoço do dono.

— Certamente temos um caso.

— Nem a sombra de um, apenas suposição e conjectura. Ririam de nós no tribunal se aparecêssemos com essa história.

— E a morte de sir Charles?

— Encontrado morto sem uma marca sobre ele. Você e eu sabemos que ele morreu de puro medo, e sabemos também o que o assustou, mas como é que vamos conseguir que doze jurados saibam o mesmo? Que sinais temos de um animal? Onde estão as marcas das presas? É claro que sabemos que um cão não morde um cadáver e que sir Charles já estava morto quando o animal o pegou, mas precisamos provar, e não estamos em posição de fazer isso.

— Mas e o ataque de hoje?

— Não estamos em situação muito melhor sobre isso. Mais uma vez, não há ligação direta entre o animal e a morte. Nunca vimos o cachorro. Ouvimos, sim, mas não podemos provar que ele estava correndo atrás do homem. Há uma completa ausência de motivo. Não, meu caro amigo… Devemos aceitar o fato de que não temos caso no momento, e que vale a pena correr qualquer risco para estabelecer um.

— E como pretende fazer isso?

— Tenho grandes esperanças a respeito do que a sra. Laura Lyons pode fazer por nós quando a situação for esclarecida a ela. E tenho também meu próprio plano. Temos muito o que fazer amanhã, mas espero conseguir o que quero antes do fim do dia.

Não consegui tirar mais nada dele, e ele caminhou, perdido em pensamentos, até os portões de Baskerville Hall.

— Vai entrar?

— Sim, não vejo razão para mais dissimulações. Uma última palavra, Watson: não diga nada sobre o cachorro a sir Henry. Deixe-o pensar que a morte de Selden foi como Stapleton nos quer fazer acreditar. Ele terá mais coragem para o que terá que enfrentar amanhã, quando deverá, se bem me lembro de seu relatório, ir jantar com essas pessoas.

— E eu também.

— Então você pedirá desculpas e deixará que ele vá sozinho. Isso será facilmente arranjado. E agora, se estamos atrasados para o jantar, acho que estamos bem na hora da ceia.

CAPÍTULO 13

LIGANDO OS PONTOS

Sir Henry ficou mais satisfeito do que surpreso por ver Sherlock Holmes, pois havia alguns dias que ele esperava que os acontecimentos recentes o trouxessem de Londres. Ele ergueu as sobrancelhas, porém, quando descobriu que meu amigo não tinha bagagem nem explicações para sua ausência. Entre nós, logo atendemos às suas necessidades, e depois, durante uma ceia, explicamos ao baronete tanto da nossa experiência quanto parecia desejável que ele soubesse. Mas primeiro tive o desagradável dever de dar a notícia a Barrymore e à esposa. Para ele, pode ter sido um alívio absoluto, mas ela chorou amargamente no avental. Para todo o mundo, ele era um homem violento, metade animal e metade demônio, mas para ela, nunca deixara de ser o menino de sua infância, a criança que se agarrava à sua mão. Mau é o homem que não tem uma mulher para lamentar sua perda.

— Passei um dia tedioso em casa desde que Watson saiu de manhã — disse o baronete. — Acho que mereço algum crédito, pois cumpri minha promessa. Se não tivesse jurado não sair sozinho, teria tido uma noite mais animada, pois recebi uma mensagem de Stapleton chamando para uma visita.

— Não tenho dúvidas de que teria sido uma noite mais animada — disse Holmes secamente. — A propósito, suponho que não aprecie o fato de estarmos de luto pelo seu pescoço quebrado.

Sir Henry arregalou os olhos.

— Como é?

— O pobre desgraçado estava vestido com as suas roupas. Temo que o criado que as deu a ele possa ter problemas com a polícia.

— Improvável. Até onde sei, não havia nenhuma marca em nenhuma delas.

— Isso é uma boa sorte para ele. Na verdade, sorte para todos vocês, já que estão todos do lado errado da lei nesse assunto. Não estou completamente convencido de que meu primeiro dever não seja prender a casa inteira como detetive consciente. Os relatórios de Watson são verdadeiros documentos incriminadores.

— Mas e o caso? — perguntou o baronete. — Conseguiu descobrir alguma coisa? Não sei dizer se Watson e eu avançamos muito desde a nossa chegada.

— Acho que estarei em posição de tornar a situação bem mais clara em breve. Tem sido extremamente difícil e complicado, e há vários pontos que ainda precisamos esclarecer, mas estou conseguindo resolvê-lo.

— Tivemos uma experiência, como Watson sem dúvida lhe contou. Ouvimos o cão na charneca, por isso posso jurar que não é tudo uma superstição vazia. Lidei um pouco com cachorros quando estava fora da Inglaterra, e conheço um quando o ouço. Se conseguir colocar esse bicho numa corrente, vou estar pronto para jurar que é o maior detetive de todos os tempos.

— Acho que posso fazer isso com a sua ajuda.

— Farei tudo o que me disser para fazer.

— Muito bem. E também peço que faça cegamente, sem perguntar a razão.

— Como quiser.

— Se fizer isso, acho que há chance de que nosso pequeno problema seja resolvido em breve. Não tenho dúvidas de que...

Ele parou de repente e olhou fixamente para um ponto acima da minha cabeça no ar. Seu rosto estava iluminado, e tão intenso que podia pertencer a uma estátua clássica, uma personificação de alerta e expectativa.

— O que foi? — perguntamos.

Pude ver quando abaixou os olhos que ele reprimia alguma emoção interna. Suas feições ainda estavam compostas, mas os olhos brilhavam com uma exultação divertida.

— Vão desculpar a admiração de um conhecedor — disse ele ao acenar com a mão em direção à fileira de retratos que cobria a parede oposta. — Watson não admite que eu entenda de arte, mas é por mero ciúme, porque nossas opiniões sobre o assunto são diferentes. Esses retratos são realmente muito bons.

— Fico feliz em ouvi-lo dizer isso — disse sir Henry, olhando com surpresa para meu amigo. — Confesso que não sei muito sobre essas coisas, eu seria melhor juiz de um cavalo ou novilho do que de uma pintura. Não sabia que o senhor encontrava tempo para esse tipo de coisa.

— Conheço qualidade quando a vejo, e a estou vendo agora mesmo. Aquele é um Kneller, posso jurar, a mulher em seda azul bem ali, e o homem robusto de peruca parece ser um Reynolds. São todos retratos de família, presumo.

— Todos.

— Sabe os nomes?

— Barrymore me ensinou um pouco sobre eles.

— Quem é o homem com a luneta?

— Esse é o contra-almirante Baskerville, que serviu a Rodney nas Índias Ocidentais. O homem de casaco azul e rolo de papel é sir William Baskerville, que foi presidente das sessões conjuntas da Câmara dos Comuns sob Pitt.

— E o cavaleiro diante de mim, de veludo preto e rufo[3]?

— Ah, o senhor tem o direito de saber sobre ele. Essa é a causa de

3. Peça engomada, plissada, uma espécie de gola de renda, colocada sobre o pescoço para proteger dos restos de comida. Muito utilizada na Europa a partir do século XVI. (N. do E.)

todos os problemas, o malvado Hugo, que iniciou o Cão dos Baskerville. Não o esqueceremos tão cedo.

Olhei com interesse e alguma surpresa para o retrato.

— Meu Deus! — disse Holmes. — Ele parece um homem tranquilo, mas ouso dizer que há alguma diabrura escondida em seus olhos. Imaginava-o como uma pessoa mais robusta, com ares de valentão.

— Não há dúvida sobre a autenticidade, pois o nome e a data, 1647, estão na parte de trás da tela.

Holmes disse pouco mais, mas a imagem do velho folião parecia exercer um fascínio sobre ele, e seus olhos continuaram fixados nela ao longo da ceia. Foi só mais tarde, quando sir Henry havia se retirado, que pude seguir seus pensamentos. Ele me levou de volta ao salão de banquetes, a vela do quarto à mão, e com ela iluminou o retrato manchado pelo tempo na parede.

— Está vendo alguma coisa?

Olhei para o chapéu emplumado, a peruca típica, a gola branca de renda e o rosto severo emoldurado por tudo isso. Não era um semblante brutal, mas era empertigado, duro e austero, com uma boca firme de lábios finos e um olhar friamente intolerante.

— Parece com alguém que você conhece?

— Há algo de sir Henry na mandíbula.

— Uma sugestão, talvez, mas espere um instante! — Ele subiu em uma cadeira e, segurando a vela na mão esquerda, dobrou o braço direito sobre o chapéu e em torno dos cachos compridos.

— Meu Deus! — exclamei de espanto.

O rosto de Stapleton estava na tela.

— Ah, está vendo agora. Meus olhos foram treinados para examinar rostos, não seus atavios. A primeira qualidade de um investigador criminal é ser capaz de ver através de um disfarce.

— Mas isso é maravilhoso. Poderia ser um retrato dele.

— Sim, é um caso interessante de atavismo, que parece ser tanto físico como espiritual. Um estudo de retratos familiares é suficiente para converter um homem à doutrina da reencarnação. O homem é um Baskerville, isso é evidente.

— Com planos para a sucessão.

— Exatamente. A pintura nos forneceu um dos nossos elos mais óbvios. Vamos pegá-lo, Watson, vamos pegá-lo, e ouso jurar que antes de amanhã à noite ele estará preso em nossa rede, tão indefeso quanto uma de suas próprias borboletas. Um alfinete, uma rolha e um cartão, e o teremos na coleção de Baker Street!

Ele explodiu em um de seus raros ataques de riso enquanto se afastava do quadro. Não o ouvi rir muitas vezes, e era sempre um mau presságio para alguém.

Acordei cedo na manhã seguinte, mas Holmes já estava de pé, pois o vi enquanto me vestia, subindo pelo caminho.

— Sim, teremos um dia cheio hoje — comentou e esfregou as mãos com a alegria da ação. — As redes estão todas no lugar, e a pesca já vai começar. Saberemos antes do fim do dia se pegamos nosso peixe ou se ele conseguiu escapar.

— Já foi à charneca?

— Enviei uma nota de Grimpen para Princetown sobre a morte de Selden. Acho que posso prometer que nenhum de vocês será incomodado pelo assunto. E também me comuniquei com meu fiel Cartwright, que certamente definharia à porta da minha cabana como um cachorro no túmulo do dono se eu não o tranquilizasse sobre minha segurança.

— Qual é o próximo passo?

— Esperar Sir Henry. Ah, aqui está ele!

— Bom dia, Holmes — disse o baronete. — Parece um general planejando uma batalha com seu braço direito.

— Essa é a situação exata. Watson estava pedindo instruções.

— Pois eu também peço.

— Muito bem. Pelo que sei, o senhor tem o compromisso de jantar com nossos amigos Stapleton hoje à noite.

— Espero que o senhor também possa ir. São pessoas muito hospitaleiras, e tenho certeza de que ficariam muito contentes ao vê-lo.

— Receio que Watson e eu tenhamos que partir para Londres.

— Para Londres?!

— Sim, acho que, na presente conjuntura, seremos mais úteis lá.

O baronete ficou visivelmente abalado.

— Esperava que fosse resolver esse assunto. Esta casa e a charneca não são lugares muito agradáveis para se ficar sozinho.

— Meu caro, precisa confiar em mim e fazer exatamente o que digo. Pode dizer aos seus amigos que teríamos ficado muito felizes de acompanhá-lo, mas que um assunto urgente exigia que voltássemos para a cidade. Esperamos regressar muito em breve a Devonshire. Vai se lembrar de lhes dar essa mensagem?

— Se insiste nisso...

— Garanto que não há alternativa.

Vi pelo rosto do baronete que ele estava profundamente magoado pelo que considerava nossa deserção.

— Quando pretendem ir? — perguntou ele friamente.

— Imediatamente depois do café da manhã. Vamos para Coombe Tracey, mas Watson deixará suas coisas como promessa de que voltará aqui. Watson, você enviará uma nota para Stapleton lamentando não poder comparecer ao jantar.

— Talvez seja melhor voltar a Londres com os senhores — disse o baronete. — Por que eu ficaria aqui sozinho?

— Porque precisa. Porque me deu a palavra de que faria qualquer coisa que eu dissesse, e estou dizendo para ficar.

— Muito bem, então, eu fico.

— Mais uma coisa! Quero que vá de carroça a Merripit House, mas mande-a de volta e diga que voltará a pé para casa.

— Atravessando a charneca?

— Sim.

— Mas é precisamente o que me disse tantas vezes para não fazer.

— Dessa vez estará em segurança. Se eu não tivesse toda a confiança em sua coragem, não sugeriria tal coisa, mas é essencial que faça isso.

— Então é o que farei.

— E como você valoriza sua vida, não atravesse a charneca em nenhuma direção que não o caminho reto que leva de Merripit House à estrada de Grimpen e é seu caminho natural para casa.

— Farei exatamente como diz.

— Muito bem. Partiremos o mais cedo possível depois do café para chegar a Londres à tarde.

Fiquei muito surpreso com aquele programa, ainda que me lembrasse de que Holmes dissera a Stapleton que sua visita terminaria no dia seguinte. Mas não me passou pela cabeça que ele quisesse que eu fosse com ele, e eu também não conseguia entender como estaríamos ausentes em um momento que ele mesmo declarou ser crítico. Não podíamos fazer nada, no entanto, a não ser obedecer, então nos despedimos de nosso amigo cabisbaixo e, algumas horas depois, estávamos na estação de Coombe Tracey depois de despachar a carroça de volta. Um menino estava à espera na plataforma.

— Alguma ordem, senhor?

— Você vai pegar o trem para a cidade, Cartwright. Assim que chegar, enviará um telegrama a sir Henry Baskerville, em meu nome, para dizer que, se ele encontrar a caderneta que deixei cair, deverá enviá-la a Baker Street por correio registrado.

— Sim, senhor.

— E pergunte no escritório da estação se há uma mensagem para mim.

O rapaz voltou com um telegrama, que Holmes me entregou. Dizia o seguinte:

Mensagem recebida. Estou indo com um mandado não assinado. Chegarei às cinco e quarenta. LESTRADE

— É uma resposta ao que mandei de manhã. Ele é o melhor dos profissionais, acho eu, e podemos precisar de sua ajuda. Agora, Watson, penso que a melhor forma de empregar nosso tempo seja com uma visita a sua conhecida sra. Laura Lyons.

Seu plano começava a ficar evidente. Ele usaria o baronete para convencer os Stapleton de que estávamos realmente ausentes, mas nós voltaríamos no exato instante em que provavelmente seríamos necessários. O telegrama de Londres, se mencionado por sir Henry aos Stapleton, afastaria qualquer suspeita de suas mentes. Nossas redes já pareciam se aproximar daquele peixe.

A sra. Laura Lyons estava em seu escritório, e Sherlock Holmes abriu a entrevista com uma franqueza que a deixou consideravelmente surpresa.

— Estou investigando as circunstâncias que levaram à morte do falecido sir Charles Baskerville — disse ele. — Meu amigo aqui, dr. Watson, me informou do que a senhora lhe comunicou, e também do que escondeu sobre o assunto.

— O que escondi? — perguntou ela, desafiadoramente.

— A senhora confessou que pediu a sir Charles para estar no portão às dez horas. Sabemos que esse foi o local e a hora de sua morte. A senhora ocultou qual a ligação entre esses eventos.

— Não há ligação.

— Nesse caso, a coincidência é realmente extraordinária, mas acho que vamos conseguir estabelecer uma ligação, afinal de contas. Quero ser perfeitamente franco com a senhora, sra. Lyons. Consideramos esse caso como um homicídio, e as provas podem implicar não apenas seu amigo, sr. Stapleton, mas também a esposa dele.

A mulher saltou da cadeira.

— Esposa! — exclamou.

— O fato já não é mais um segredo. A pessoa que se passou por irmã de Stapleton é, na verdade, esposa do homem.

A sra. Lyons retomara seu lugar. Suas mãos agarravam os braços da poltrona, e eu vi que as unhas cor-de-rosa estavam brancas com a pressão do aperto.

— Esposa! — repetiu. — Esposa dele! Ele não é um homem casado.

Sherlock Holmes encolheu os ombros.

— Provem! Provem para mim! Se conseguirem provar…

A luz feroz em seus olhos disse mais do que qualquer palavra.

— Vim preparado para isso — disse Holmes, tirando vários papéis do bolso. — Aqui está uma fotografia do casal tirada em York quatro anos atrás. O texto diz "Sr. e sra. Vandeleur", mas não é difícil reconhecê-lo, e ela também, se já a viu. Aqui estão três descrições escritas por testemunhas confiáveis do sr. e da sra. Vandeleur, que na época mantinham a escola particular de St. Oliver. Leia-as e veja se pode duvidar da identidade dessas pessoas.

Ela olhou para elas, e depois para nós com a expressão rígida de uma mulher desesperada.

— Sr. Holmes — disse ela —, este homem me ofereceu casamento na condição de eu me divorciar do meu marido. Ele mentiu para mim, esse vilão, de todas as maneiras concebíveis. Não houve uma única palavra de verdade. E por quê? Imaginava que fosse tudo para meu próprio bem, mas vejo agora que nunca fui nada além de uma ferramenta em suas mãos. Por que eu deveria ser fiel a quem nunca sentiu nada por mim? Por que deveria tentar protegê-lo das consequências de seus próprios atos perversos? Pergunte-me o que quiser, e não esconderei nada. Posso jurar uma coisa, senhor: quando escrevi a carta, nunca sonhei com nenhum mal ao homem que havia sido meu amigo mais bondoso.

— Acredito inteiramente na senhora — disse Sherlock Holmes. — Conhecer esses eventos deve ser muito doloroso, e talvez seja mais fácil se eu lhe contar o que ocorreu enquanto a senhora verifica se cometo algum erro. O envio da carta foi sugerido por Stapleton?

— Foi ele que a ditou.

— Presumo que o motivo dado seja a ajuda de sir Charles para as despesas legais relacionadas ao divórcio.

— Exatamente.

— E depois que enviou a carta, ele a dissuadiu do compromisso.

— Ele me disse que seu orgulho ficaria ferido se qualquer outro homem desse o dinheiro para uma coisa assim, e que, embora ele fosse um homem pobre, dedicaria seu último centavo a remover os obstáculos que nos dividiam.

— Ele parece ser um personagem muito consistente. E depois não ouviu mais nada até ler as notícias da morte no jornal?

— Isso mesmo.

— E ele a fez jurar não dizer nada sobre o encontro com sir Charles.

— Sim. Disse que a morte havia sido muito misteriosa, e que eu certamente seria suspeita se os fatos viessem à tona. Ele me assustou para preservar meu silêncio.

— Pois é. Mas a senhora tinha suas suspeitas?

Ela hesitou e olhou para baixo.

— Eu o conhecia — disse ela. — Mas se ele tivesse sido fiel a mim, eu teria sido sempre fiel a ele.

— Acredito que, no geral, a senhora teve sorte — disse Sherlock Holmes. — Teve-o em seu poder, com conhecimento dele, e mesmo assim está viva. Passou alguns meses caminhando à beira de um precipício. Tenha um bom dia, sra. Lyons, e é provável que muito em breve volte a ter notícias nossas.

— Nosso caso está se completando, e dificuldades desaparecem, uma após a outra, diante de nós — disse Holmes enquanto esperávamos a chegada do expresso da cidade. — Em breve estarei na posição de poder colocar em uma única narrativa um dos crimes mais singulares e sensacionais dos tempos modernos. Estudantes de criminologia se lembrarão dos incidentes análogos em Godno, na Pequena Rússia, no ano de 1866, e é claro que há também os assassinatos dos Anderson na Carolina do Norte, mas este caso possui algumas características exclusivas. Mesmo agora não temos caso claro contra esse homem astuto, mas ficarei muito surpreso se tudo não estiver suficientemente claro antes de irmos para a cama hoje à noite.

O expresso de Londres chegou rugindo na estação, e um pequeno homem vigoroso com cara de buldogue saltou de um vagão de primeira classe. Nós três nos cumprimentamos, e pude ver, pela forma reverente com que Lestrade olhava para meu amigo, que ele havia aprendido muito desde os dias em que os dois haviam trabalhado juntos pela primeira vez. Eu me lembro bem do desprezo que as teorias do raciocinador causavam no homem prático.

— Alguma coisa boa? — perguntou ele.

— A maior dos últimos anos — disse Holmes. — Temos duas horas antes de precisar pensar em partir. Acho que podemos usá-las para jantar, e depois, Lestrade, vamos tirar o nevoeiro de Londres da sua garganta com o sopro do ar puro da noite de Dartmoor. Nunca esteve lá? Ah, bem, suponho que não vá se esquecer de sua primeira visita.

CAPÍTULO 14

O CÃO DOS BASKERVILLE

Um dos defeitos de Sherlock Holmes — se é que podemos chamar de defeito — era sua relutância excessiva em comunicar os planos completos a qualquer outra pessoa até o momento exato. Em parte por causa de sua natureza autoritária, sem dúvida, que gostava de dominar e surpreender as pessoas ao seu redor. Em parte também pela prudência profissional, que o incitava a nunca correr riscos. O resultado, no entanto, era muito difícil para quem estava agindo como agente ou assistente. Eu já sofrera muitas vezes com isso, mas nunca mais do que durante aquela longa viagem na escuridão. A grande provação estava à nossa frente: finalmente chegaríamos ao fim daquilo tudo e, no entanto, Holmes não dizia nada, eu só podia supor qual seria o curso de ação. Meus nervos tremeram de antecipação quando finalmente o vento frio bateu em nossos rostos e os espaços escuros e vazios dos dois lados da estrada estreita me disseram que estávamos de volta à charneca. Cada passo dos cavalos e cada volta das rodas nos levava mais perto da nossa suprema aventura.

A conversa foi dificultada pela presença do cocheiro da carroça contratada, de modo que fomos forçados a falar sobre assuntos triviais enquanto nossos nervos estavam tensos de emoção e antecipação. Foi um alívio para mim, depois daquela restrição tão pouco natural, quando finalmente passamos pela casa de Frankland e soubemos que estávamos nos aproximando de Baskerville Hall e da cena em que a ação aconteceria. Não fomos até a porta, mas descemos perto do portão da avenida. A carruagem foi paga, e nós dissemos que voltasse imediatamente para Coombe Tracey enquanto rumávamos para Merripit House.

— Está armado, Lestrade?

O pequeno detetive sorriu.

— Enquanto tiver minhas calças, terei um bolso traseiro, e enquanto tiver meu bolso traseiro, terei algo dentro dele.

— Bom! Meu amigo e eu também estamos prontos para emergências.

— Está muito calado sobre este caso, sr. Holmes. Qual é o plano?

— Esperar.

— Este não parece um lugar muito alegre, não é? — disse o detetive com um arrepio, olhando em volta para as encostas sombrias da colina e para o enorme lago de nevoeiro que se encontrava sobre o atoleiro de Grimpen. — Estou vendo as luzes de uma casa à nossa frente.

— É Merripit House, e o fim da nossa viagem. Devo pedir que ande na ponta dos pés e que não levante a voz acima de um sussurro.

Movemo-nos cautelosamente pela estrada como se estivéssemos a caminho da casa, mas Holmes nos parou quando estávamos a cerca de cento e oitenta metros dela.

— Isso vai servir — disse ele. — Essas rochas à direita fazem uma ótima proteção.

— Temos de esperar aqui?

— Sim, vamos fazer nossa pequena emboscada aqui. Entre neste buraco, Lestrade. Já esteve dentro da casa, não esteve, Watson? Sabe dizer a posição dos cômodos? O que são aquelas janelas treliçadas deste lado?

— Acho que são as janelas da cozinha.

— E aquela outra, iluminada?

— É a sala de jantar, com certeza.

— As persianas estão abertas. Você conhece melhor o terreno. Avance em silêncio e veja o que estão fazendo, mas, pelo amor de Deus, não os deixe saber que estão sendo vigiados!

Esgueirei-me pelo caminho e me encolhi atrás do muro baixo que cercava o pequeno pomar. Rastejando pelas sombras, cheguei a um ponto de onde podia olhar diretamente pela janela descoberta.

Só havia dois homens na sala, sir Henry e Stapleton. Estavam sentados de lado para mim em lados opostos da mesa redonda. Ambos fumavam charutos, e havia café e vinho na frente deles. Stapleton parecia falar com animação, mas o baronete parecia pálido e distraído. Talvez o pensamento da caminhada solitária pela charneca estivesse pesando em sua mente.

Enquanto eu os observava, Stapleton se levantou e saiu da sala, e sir Henry encheu a taça novamente e se reclinou na cadeira, tragando o charuto. Ouvi o ranger de uma porta e o som de botas sobre cascalho. Os passos estavam no caminho que havia do outro lado do muro atrás do qual eu estava agachado. Olhando para lá, vi o naturalista parar à porta de um anexo no canto do pomar. Uma chave virou em uma fechadura, e ouvi um curioso barulho de quando ele entrou. Ficou apenas um minuto, mais ou menos, do lado de dentro, e então ouvi a chave virar mais uma vez, e ele passou por mim e voltou a entrar na casa. Vi-o voltar para seu convidado, e retornei calmamente para o local onde meus companheiros estavam à espera para lhes contar o que tinha visto.

— Está dizendo, Watson, que a senhora não está lá? — Holmes perguntou quando eu tinha terminado o relatório.

— Exatamente.

— Onde ela pode estar, então, já que não há luz em nenhum outro cômodo que não a cozinha?

— Não consigo imaginar.

O denso nevoeiro que cobria o grande atoleiro de Grimpen estava derivando lentamente em nossa direção, amontoando-se como um muro do nosso lado, baixo, mas espesso e bem definido. A lua brilhava sobre ele, que parecia um grande campo de gelo cintilante, com os picos dos penhascos distantes parecendo rochas aflorando em sua superfície. Holmes virou-se para ele e resmungou impacientemente enquanto observava essa lenta migração.

— Está vindo na nossa direção, Watson.

— Isso é sério?

— Muito sério. É a única coisa que pode atrapalhar meus planos. Ele não vai demorar muito, já são dez horas. Nosso sucesso, e até a vida dele, pode depender da saída antes que o nevoeiro cubra o caminho.

A noite estava clara acima de nós. As estrelas brilhavam frias enquanto uma meia lua banhava a cena com uma luz suave e incerta. Diante de nós estava a casa, o telhado serrilhado e as chaminés altas bem delineados contra o céu pontilhado de prata. Amplos feixes de luz dourada se esticavam das janelas inferiores pelo pomar e a charneca. Um deles foi repentinamente desligado. Os criados haviam deixado a cozinha. Só ficara a lâmpada na sala de jantar, onde os dois homens, o anfitrião assassino e o convidado ignorante, ainda conversavam com charutos em mãos.

A cada minuto a neblina branca que cobria metade da charneca se aproximava mais da casa. Os primeiros farrapos finos espiralavam pelo quadrado dourado da janela iluminada. O muro mais distante do pomar já estava invisível, e as árvores começavam a desaparecer em um redemoinho de vapor branco. Enquanto a observávamos, a névoa se arrastava pelos dois cantos da casa e se juntava lentamente em um banco denso sobre o qual o andar superior e o telhado flutuavam como um navio estranho sobre um mar sombrio. Holmes bateu a mão na rocha à nossa frente e pisoteou o chão com impaciência.

— Se ele não sair dentro de um quarto de hora, o caminho estará coberto. Em meia hora não conseguiremos ver nossas mãos.

— Acha melhor procurarmos um terreno mais alto?

— Sim, acho que sim.

Assim, à medida que o banco do nevoeiro avançava, nós recuávamos à frente dele até que estávamos a oitocentos metros da casa, e aquele denso mar branco, com a lua prateando sua borda superior, ainda avançava lenta e inexoravelmente.

— Estamos longe demais — disse Holmes. — Não podemos correr o risco de ele ser pego antes de nos alcançar. Devemos manter nossa posição a todo custo. — Ele caiu de joelhos no chão e encostou a orelha ao solo. — Graças a Deus, acho que o ouço chegar.

Um som de passos rápidos quebrou o silêncio da charneca. Agachados entre as pedras, olhamos atentamente para a névoa prateada à nossa frente. Os passos ficaram mais altos, e pelo nevoeiro, como por trás de uma cortina, vimos o homem que estávamos esperando. Ele olhou em volta com surpresa quando emergiu na noite clara e estrelada, depois seguiu caminho rapidamente, passou perto de onde estávamos e subiu a longa encosta atrás de nós. Enquanto caminhava, olhava por cima de um dos ombros, como um homem desinquieto.

— Psiu! — disse Holmes, e eu ouvi o clique de uma pistola sendo engatilhada. — Cuidado! Está vindo!

Ouviu-se um som de passos fraco, firme e contínuo de algum lugar no coração daquele banco rastejante. A nuvem estava a quarenta e cinco metros de nós, e olhamos para ela, os três, incertos do horror que estava prestes a irromper dali. Eu estava grudado ao cotovelo de Holmes, e olhei por um instante para o rosto dele. Estava pálido e exultante, com os olhos brilhando ao luar. De repente, porém, seu olhar se tornou fixo e rígido, e seus lábios se abriram de espanto. No mesmo instante, Lestrade deu um grito de terror e se jogou no chão. Fiquei de pé e agarrei meu revólver, a mente paralisada pela forma horrível que brotara sobre nós das sombras do nevoeiro. Era mesmo um cão, um enorme cão negro, mas não como qualquer outro já visto por olhos mortais. O fogo irrompia da boca aberta, os olhos pareciam brasas vivas, o focinho e os pelos eram delineados por uma chama cintilante. Nunca, nem nos sonhos delirantes de um cérebro desordenado, poderia ser concebido algo mais selvagem, mais terrível, mais infernal do que aquela forma escura e selvagem surgida do nevoeiro.

Com longos saltos, a enorme criatura seguiu a estrada atrás dos passos de nosso amigo. Ficamos tão paralisados pela aparição que a deixamos passar antes de recuperar a coragem. Holmes e eu então disparamos juntos, e a criatura deu um uivo terrível, mostrando que pelo menos um tiro havia lhe acertado. Mas não parou. Ao longe, na estrada, vimos sir Henry olhar para trás, com o rosto branco ao luar, as mãos erguidas de horror, impotente diante da coisa assustadora que o caçava. Aquele grito de dor do cachorro tinha, porém, afastado todos os nossos medos. Se era vulnerável, era mortal, e se podíamos feri-lo, podíamos matá-lo. Nunca vi um homem correr como Holmes correu naquela noite. Sou reconhecidamente veloz, mas ele me ultrapassou tanto quanto ultrapassei o pequeno Lestrade. À nossa frente, enquanto corríamos pela estrada, ouvimos os gritos de sir Henry e o rugido profundo do animal. Cheguei a tempo de ver a fera pular sobre a sua vítima, atirá-la ao chão e avançar sobre sua garganta. No instante seguinte, Holmes esvaziara cinco canos do revólver no flanco da criatura. Com um último uivo de agonia e uma feroz dentada no ar, ela rolou sobre as costas, quatro patas se debatendo furiosamente, e depois caiu de lado, inerte. Inclinei-me, ofegante, e cutuquei a cabeça terrível e cintilante com a pistola, mas era inútil puxar o gatilho. O cão gigantesco estava morto.

Sir Henry não se movia. Rasgamos o colarinho, e Holmes murmurou uma prece de gratidão quando constatamos que não havia sinais de ferida e que o resgate tinha chegado a tempo. As pálpebras de nosso amigo já tremiam, e ele fez um esforço débil para se mexer. Lestrade empurrou seu frasco de *brandy* embaixo do nariz do baronete, e dois olhos assustados nos encararam.

— Meu Deus! — sussurrou ele. — O que foi aquilo? O que, em nome de Deus, foi aquilo?

— Está morto, seja lá o que for — disse Holmes. — Matamos o fantasma da família de uma vez por todas.

Em mero tamanho e força era uma criatura terrível estendida diante de nós. Não era um cão de caça puro e não era um mastim, mas parecia uma combinação dos dois — assustador, selvagem e grande feito uma leoa pequena. Mesmo agora, na quietude da morte, as enormes mandíbulas pareciam pingar uma chama azulada, e os olhos pequenos, profundos e cruéis, eram tocados pelo fogo. Pus a mão sobre o focinho brilhante, e quando a levantei meus próprios dedos brilharam na escuridão.

— Fósforo — disse eu.

— Uma mistura astuciosa — disse Holmes, farejando o animal morto. — Não há cheiro para atrapalhar o olfato dele. Devemos um profundo pedido de desculpas, sir Henry, por tê-lo exposto a este susto. Eu estava preparado para um cão, mas não para uma criatura como esta. E o nevoeiro nos deu pouco tempo para recebê-la.

— Você salvou a minha vida.

— Depois de colocá-la em perigo. Consegue ficar de pé?

— Se me derem mais um pouco de brande, estarei pronto para tudo. Pronto! Pode me ajudar a levantar? O que faremos?

— O senhor ficará aqui. Não está em condições de passar por mais aventuras esta noite. Se esperar um pouco, um ou outro de nós o acompanhará de volta a Baskerville Hall.

Ele tentou ficar de pé, mas ainda estava pálido e tremia o corpo todo. Ajudamo-lo a chegar a uma pedra, onde ele se sentou com a cabeça nas mãos.

— Precisamos deixá-lo agora — disse Holmes. — O resto de nosso trabalho deve ser feito, e cada momento é importante. Temos o nosso caso, e agora só queremos nosso homem.

— É provável que nem o encontremos em casa — ele continuou enquanto voltávamos rapidamente pelo caminho. — Os tiros devem ter-lhe avisado.

— Estávamos a alguma distância, e este nevoeiro pode tê-los abafado.

— Ele seguiu o cão para chamá-lo de volta, disso pode ter certeza. Não, não, ele já deve ter ido embora! Mas vamos revistar a casa e nos certificar.

A porta da frente estava aberta, então entramos correndo e passamos de cômodo a cômodo, para o assombro de um velho criado, que nos encontrou na passagem. Não havia luz em lugar nenhum, salvo pela sala de jantar, mas Holmes pegou a lâmpada e não deixou nenhum canto da casa inexplorado. Não encontramos nenhum sinal do homem que estávamos perseguindo. No andar de cima, no entanto, uma das portas estava trancada.

— Tem alguém aqui — gritou o Lestrade. — Estou ouvindo um movimento. Abra esta porta!

Um leve gemido e um farfalhar vieram lá de dentro. Holmes bateu acima da fechadura com a sola do pé, e ela se abriu. Devidamente armados, entramos.

Mas não havia nenhum sinal do vilão desesperado e desafiador que esperávamos encontrar. Em vez disso, fomos confrontados por um objeto tão estranho e inesperado que ficamos encarando com espanto por um momento.

O quarto fora transformado em um pequeno museu, e as paredes estavam forradas por uma série de caixas de vidro cheias daquela coleção de borboletas e mariposas, cuja formação havia sido o entretenimento do homem complexo e perigoso. No centro da sala havia uma viga vertical, colocada ali em algum momento como suporte para as velhas traves de madeira que atravessavam o telhado. Ao poste uma figura estava amarrada, tão embrulhada e abafada nos lençóis usados para segurá-la que não era possível saber se era homem ou mulher. Uma toalha passava em volta da garganta, presa à parte de trás do pilar. Outra cobria a parte inferior do rosto, e acima dela dois olhos escuros — olhos cheios de dor, vergonha e uma terrível dúvida — nos encararam de volta. Arrancamos a mordaça em um minuto, e a sra. Stapleton caiu no chão à nossa frente. Quando sua bela cabeça tombou sobre o peito, vi o vergão vermelho de uma chicotada em seu pescoço.

— Aquele canalha! — exclamou Holmes. — Aqui, Lestrade, sua garrafa de brande! Coloque-a na cadeira! Ela desmaiou de exaustão.

Ela abriu os olhos.

— Ele está seguro? — perguntou ela. — Ele fugiu?

— Ele não tem como fugir de nós, minha senhora.

— Não, não, não me referia ao meu marido. Sir Henry! Ele está a salvo?

— Sim.

— E o cão?

— Morto.

Ela deu um longo suspiro de satisfação.

— Graças a Deus! Graças a Deus! Ah, aquele vilão! Vejam como ele me tratou! — Ela levantou as mangas, e vimos com horror que seus braços estavam cobertos de hematomas. — Mas isso não é nada! Foram minha mente e alma que ele torturou e sujou. Eu poderia suportar tudo isso, os maus-tratos, a solidão, uma vida de engano, tudo, desde que ainda pudesse me apegar à esperança de ter seu amor, mas agora sei que nisso também tenho sido apenas um instrumento.

Ela caiu em soluços enquanto falava.

— A senhora não tenha benevolência por ele — disse Holmes. — Diga-nos, então, onde podemos encontrá-lo. Se alguma vez o ajudou em suas maldades, ajude-nos agora e redima suas ações.

— Ele só pode ter fugido para um lugar — respondeu ela. — Há uma velha mina de lata em uma ilha no coração do atoleiro. Era lá que ele deixava o cachorro, e também foi lá que ele fez preparativos para que pudesse ter um refúgio.

O nevoeiro parecia lã branca contra a janela. Holmes segurou a lâmpada naquela direção.

— Veja bem — disse ele. — Ninguém conseguiria encontrar o caminho pelo atoleiro de Grimpen nesta noite.

Ela riu e bateu palmas. Seus olhos e dentes brilhavam com uma alegria feroz.

— Ele poderá encontrar o caminho para dentro, mas nunca sairá de lá — exclamou. — Como ele pode ver as varas que indicam o caminho em uma noite como essa? Nós as plantamos juntos, ele e eu, para marcar o caminho pelo atoleiro. Ah, se eu pudesse tê-las arrancado... Então ele estaria mesmo à sua mercê!

Era evidente para nós que qualquer perseguição seria em vão até que o nevoeiro se dissipasse. Enquanto isso, deixamos Lestrade na casa enquanto Holmes e eu voltávamos com o baronete para Baskerville Hall. A história dos Stapleton já não lhe podia ser negada, mas ele recebeu o golpe corajosamente quando soube a verdade sobre a mulher que tinha amado. O choque das aventuras noturnas acabou com seus nervos, no entanto, e antes da manhã ele se encontrou com uma febre alta sob os cuidados do dr. Mortimer. Os dois estavam destinados a viajar juntos pelo mundo antes que sir Henry voltasse a ser o homem vigoroso que ele fora antes de se tornar senhor daquela propriedade agourenta.

E agora chego rapidamente à conclusão desta narrativa singular, na qual tentei fazer com que o leitor compartilhasse os medos sombrios e as vagas suposições que turvaram nossas vidas por tanto tempo e terminaram de uma maneira tão trágica. Na manhã seguinte à morte do cão, o nevoeiro tinha se dissipado, e fomos guiados pela sra. Stapleton até ao ponto em que haviam encontrado um caminho pelo atoleiro. Percebemos o horror da vida daquela mulher quando vimos a ânsia e alegria com que ela nos levava pelo caminho do marido. Nós a deixamos na pequena península de terra firme e turfosa que se afunilava pelo vasto lamaçal. Pequenas varas plantadas aqui e ali mostravam onde o caminho ziguezagueava de tufo a tufo de juncos em meio àqueles poços verdes e lamaçais no caminho para o desconhecido. Bambuzais e plantas aquáticas exuberantes e viscosas enchiam o ar com um odor de decadência e um forte vapor miasmático, enquanto, mais de uma vez, ficamos até as coxas com o charco escuro e tremulante que se estendia por vários metros em ondulações suaves em torno de nossos pés. O aperto tenaz grudava em nossos calcanhares enquanto andávamos, e quando afundávamos nele era como se uma mão maligna estivesse nos puxando para dentro daquelas profundezas, tão implacável era a pressão com que nos agarrava.

Só uma vez vimos vestígio de que alguém passara por aquele caminho perigoso antes de nós. No meio de um tufo de algodão que a mantinha fora da lama, uma coisa escura se projetava. Holmes se afundou até a cintura quando saiu do caminho para pegá-la, e se não estivéssemos lá para puxá-lo de volta, ele nunca mais teria colocado o pé em terra firme. Trazia nas mãos uma velha bota preta. "Meyers, Toronto" estava impresso no forro do couro.

— Vale a pena tomar um banho de lama — disse ele. — É a bota desaparecida de nosso amigo, sir Henry.

— Atirada ali por Stapleton durante a fuga.

— Exatamente. Ele ficou com ela depois de usar para colocar o cachorro na pista certa. Fugiu quando soube que tudo estava perdido, ainda com a bota em mãos. Jogou-a fora quando chegou aqui. Sabemos pelo menos que chegou aqui em segurança.

Mas não estávamos destinados a saber mais do que isso, embora pudéssemos supor muita coisa. Não havia chance de encontrar pegadas no atoleiro, já que a lama se elevava rapidamente e as cobria, mas quando finalmente chegamos a um terreno mais firme, procuramos ansiosamente por elas. Não encontramos nada. Se a terra contava uma história verdadeira, Stapleton nunca chegara à ilha de refúgio para a qual rumara nevoeiro adentro na noite anterior. Em algum lugar no coração do grande atoleiro de Grimpen, no lodo sujo do imenso pântano que o havia tragado, aquele homem frio e cruel está enterrado para sempre.

Encontramos muitos vestígios dele na ilha onde ele escondera seu aliado selvagem. Uma enorme roda propulsora e um poço meio cheio de lixo mostravam a posição de uma mina abandonada. Ao lado dela, os restos desmoronados das cabanas dos mineiros, expulsos sem dúvida pelo cheiro desagradável do atoleiro. Em uma delas encontramos uma argola e uma corrente, além de um monte de ossos roídos que mostravam onde o animal fora confinado. Um esqueleto com um emaranhado de cabelos castanhos estava entre os escombros.

— Um cachorro! — disse Holmes. — Por Deus, um *spaniel* de cabelo encaracolado. O pobre Mortimer nunca mais verá seu animal de estimação. Bem, não sei se este lugar contém algum segredo que ainda não tenhamos sondado. Ele podia esconder o cão, mas não podia silenciá-lo, e daí vinham aqueles sons que mesmo à luz do dia não eram agradáveis de ouvir. Em uma emergência, era possível manter o animal em Merripit House, mas era sempre um risco, e foi somente no último dia, o qual ele considerava como o fim de todos os seus esforços, que ousou fazer isso. Essa pasta na lata é, sem dúvida, a mistura luminosa com que a criatura era manchada. A sugestão veio, é claro, da história do cão da família e do desejo de assustar o velho sir Charles até a morte. Não me admira que o pobre diabo de um condenado tenha corrido e gritado, como nosso amigo fez e como nós mesmos podíamos ter feito, ao ver uma criatura assim atravessando a escuridão da charneca. Era um plano astuto, pois, além da possibilidade de levar a vítima à morte, que camponês se atreveria a investigar tal criatura, caso a visse, como muitos já fizeram, sobre a charneca? Eu disse em Londres, Watson, e volto a dizer agora, que nunca caçamos um homem mais perigoso do que o que foi sepultado aqui — ele estendeu o braço longo em direção à enorme extensão de pântano salpicado de manchas verdes que se estendia até se fundir às encostas avermelhadas da charneca.

CAPÍTULO 15

RETROSPECTIVA

Era o fim de novembro, e eu e Holmes estávamos sentados em uma noite nublada dos dois lados de uma lareira ardente em nossa sala de estar em Baker Street. Desde o trágico desfecho da visita a Devonshire, ele havia estado envolvido em dois assuntos de grande importância, no primeiro dos quais expôs a conduta atroz do coronel Upwood em relação ao famoso escândalo das cartas do Nonpareil Club, ao passo que no segundo defendera a infeliz mme. Montpensier da acusação de assassinato que pairava sobre ela em conexão à morte de sua enteada, srta. Carére, a jovem que, como será lembrado, foi encontrada seis meses depois, viva e casada em Nova York. Meu amigo estava de excelente humor com o sucesso de vários de casos difíceis e importantes, então pude induzi-lo a discutir os detalhes do mistério dos Baskerville. Estava esperando pacientemente por aquela oportunidade, ciente de que ele nunca permitiria que os casos se misturassem e de que sua mente clara e lógica não seria distraída do trabalho presente para se debruçar sobre memórias do passado. Sir Henry e o dr. Mortimer estavam, no entanto, em Londres, a caminho da longa viagem recomendada para a restauração dos nervos destroçados. Haviam nos visitado naquela mesma tarde, de modo que era natural que o assunto viesse à tona para discussão.

— Todo o curso dos acontecimentos — disse Holmes —, do ponto de vista do homem que se chamava de Stapleton, era simples e direto, embora para nós, que inicialmente não sabíamos os motivos de suas ações e só tínhamos como descobrir parte dos fatos, tudo parecia extremamente complexo. Tive a oportunidade de ter duas conversas com a sra. Stapleton, e o caso foi agora tão esclarecido que acho que não haja mais segredo para nós. Você encontrará algumas notas sobre o assunto sob o título B na minha lista indexada de casos.

— Talvez possa me dar um resumo do curso de acontecimentos de memória.

— Certamente, embora não possa garantir que todos os fatos ainda estejam na minha mente. A concentração mental intensa tem uma forma curiosa de apagar o que se passou. O advogado que tem o caso na ponta dos dedos e é capaz de argumentar com um perito sobre o assunto descobre que uma ou duas semanas nos tribunais o farão se esquecer de tudo. Então, cada um dos meus casos desloca o último, e a srta. Carére desfocou minha memória sobre Baskerville Hall. Amanhã, algum outro pequeno problema poderá ser submetido à minha atenção e, por sua vez, expulsar a bela senhora francesa e o famigerado Upwood. No entanto, no que diz respeito ao caso do cão, vou contar os acontecimentos o mais próximo possível, e você vai sugerir qualquer coisa que eu possa ter esquecido.

"Meus inquéritos mostram, sem qualquer dúvida, que o retrato de família não mentiu, e que esse indivíduo era, de fato, um Baskerville. Ele era filho daquele Rodger Baskerville, o irmão mais novo de sir Charles, que havia fugido com uma reputação sinistra para a América do Sul, onde se dizia ter morrido solteiro. Ele se casou, veja bem, e teve um filho cujo verdadeiro nome é o mesmo do pai. O filho se casou com Beryl Garcia, uma das belezas da Costa Rica, e, depois de ter roubado uma soma considerável de dinheiro público, mudou o nome para Vandeleur e fugiu para Inglaterra, onde estabeleceu uma escola a leste de Yorkshire. O motivo para tentar essa linha específica de negócio foi ter conhecido um preceptor tísico na viagem de volta para casa, e usado a habilidade desse homem para fazer do empreendimento um sucesso. No entanto, Fraser, o preceptor, morreu, e a escola, que começara bem, passou da má reputação para infâmia. Os Vandeleur acharam conveniente mudar o nome para Stapleton, e ele trouxe o resto de dinheiro, os planos para o futuro e o gosto por entomologia para o sul da Inglaterra. Descobri no Museu Britânico que ele era uma autoridade reconhecida sobre o assunto, e que o nome Vandeleur foi permanentemente ligado a uma certa mariposa que ele foi, em seus dias de Yorkshire, o primeiro a descrever.

"Chegamos agora à parte de sua vida que provou ser de tão intenso interesse para nós. O sujeito havia evidentemente feito uma pesquisa e descoberto que apenas duas vidas estavam entre ele e uma propriedade valiosa. Quando foi para Devonshire, seus planos eram, creio eu, extremamente nebulosos, mas é evidente que havia alguma coisa desde o começo, visto pelo fato de ter levado a esposa como se fosse uma irmã. A ideia de usá-la como chamariz já estava clara em sua mente, embora talvez não tivesse certeza de como os detalhes da trama seriam arranjados. No final, ele queria ter a propriedade, e estava pronto para usar qualquer ferramenta ou correr qualquer risco para esse fim. O primeiro ato foi se estabelecer o mais próximo possível da casa ancestral, e o segundo foi cultivar uma amizade com sir Charles Baskerville e com os vizinhos.

"O próprio baronete contou-lhe sobre o cão fantasma da família, e assim preparou o caminho para a própria morte. Stapleton, como continuarei a chamá-lo, sabia que o coração do velho estava fraco e que um choque poderia matá-lo. Foi o que descobriu com o dr. Mortimer. Ele tinha ouvido também que sir Charles era supersticioso e levava muito a sério aquela lenda sombria. Sua mente engenhosa sugeriu instantaneamente uma maneira pela qual o baronete poderia ser levado à morte, e ainda assim dificilmente seria possível culpar o verdadeiro assassino.

"Depois de conceber a ideia, passou a realizá-la com considerável requinte. Um maquinador comum ficaria contente de trabalhar com um cão de caça selvagem. O uso de meios artificiais para tornar a criatura diabólica foi um toque de gênio da parte dele. O cachorro foi comprado em Londres de Ross e Mangles, os comerciantes Fulham Road. Era o mais forte e mais selvagem que tinham. Ele o trouxe pela linha de North Devon e percorreu uma grande distância pela charneca para levá-lo para casa em segredo. Já tinha aprendido a andar pelo atoleiro de Grimpen, e por isso tinha encontrado um esconderijo seguro para a criatura. Ali ele a deixou, e esperou uma oportunidade.

"Mas demorou. O velho não saía à noite. Por várias vezes, Stapleton andou à espreita com o cão de caça, mas sem sucesso. Foi durante aquelas missões infrutíferas que ele, ou melhor, seu aliado, foi visto por camponeses, e a lenda do cão diabólico foi confirmada. Ele esperava que a esposa pudesse atrair sir Charles para a ruína, mas ela provou ser inesperadamente independente. Ela não se esforçava para enredar o velho em uma atração sentimental que poderia levá-lo a seu inimigo. Ameaças e até, lamento dizer, golpes não foram suficientes para convencê-la. Ela não queria ter nada a ver com aquilo, e durante algum tempo Stapleton ficou em um impasse.

"Ele encontrou uma saída para suas dificuldades quando sir Charles, que nutria amizade por ele, encarregou-o de suas caridades no caso daquela infeliz mulher, a sra. Laura Lyons. Ao se apresentar como um homem solteiro, ele conseguiu total influência sobre ela e deu-lhe a entender que, caso ela conseguisse se divorciar do marido, os dois se casariam. Os planos foram subitamente atrapalhados quando ele soube que sir Charles estava prestes a sair da residência a conselho do dr. Mortimer, com cuja opinião ele próprio fingiu concordar. Precisava agir imediatamente, senão a vítima fugiria de seu poder. Ele pressionou a sra. Lyons a escrever a carta em que implorava ao velho que se encontrasse com ela na noite anterior à partida para Londres. Então, por um argumento ilusório, ele a impediu de ir, e assim teve a chance por que tanto havia esperado.

"Voltando à noite de Coombe Tracey, chegou a tempo de pegar o cachorro, pintá-lo com a tinta infernal e levar a fera ao portão onde tinha motivos para esperar que encontraria o velho. O cão, incitado pelo dono, saltou por sobre o portão e perseguiu o infeliz baronete, que fugiu gritando pela viela dos teixos. Naquele túnel sombrio, a criatura deve ter sido realmente uma visão horrível, com as mandíbulas e os olhos flamejantes, correndo atrás da vítima. Ele caiu morto no fim da viela, devido a doenças cardíacas e ao terror que sentiu. O cão de caça mantivera-se na margem de grama, enquanto o baronete correra pelo caminho — assim, nenhum rastro, senão o do homem, foi visível. Ao vê-lo caído, a criatura provavelmente se aproximou para farejá-lo, mas, ao encontrá-lo morto, afastou-se novamente. Foi então que deixou as pegadas observadas pelo dr. Mortimer. O cachorro foi chamado de volta e levado para seu covil no atoleiro de Grimpen, deixando um mistério que confundiu as autoridades, alarmou a região e finalmente colocou o caso sob nossos narizes.

"Essa foi a morte de sir Charles Baskerville. Perceba a astúcia demoníaca de toda a situação, pois seria quase impossível acusar o verdadeiro assassino. Seu único cúmplice era alguém que nunca poderia entregá-lo, e a natureza grotesca e inconcebível do dispositivo só servia para torná-lo mais eficaz. As duas mulheres envolvidas no caso, a sra. Stapleton e a sra. Laura Lyons, tiveram fortes suspeitas contra Stapleton. A sra. Stapleton sabia que ele tinha planos para o velho, além da existência do cão. A sra. Lyons não sabia de nada disso, mas tinha ficado impressionada com a morte ocorrida no momento de um encontro que só era do conhecimento dele. No entanto, ambas estavam sob sua influência, e ele não tinha nada a temer das duas. A primeira metade de sua tarefa foi realizada com sucesso, mas a mais difícil ainda estava pela frente.

"É possível que Stapleton não soubesse da existência de um herdeiro no Canadá. Em qualquer caso, ele logo descobriria com seu amigo, dr. Mortimer, que lhe contou todos os detalhes sobre a chegada de Henry Baskerville. A primeira ideia de Stapleton era de que o jovem desconhecido pudesse ser morto em Londres, sem precisar chegar em Devonshire. Ele desconfiava da esposa desde que ela se recusara a ajudá-lo a criar uma armadilha para o velho e não ousava deixá-la por muito tempo fora de suas vistas, por medo de perder a influência sobre ela, então a trouxe consigo para Londres. Hospedaram-se, acredito, no

Mexborough Private Hotel, na Craven Street, que foi um dos visitados pelo meu agente em busca de provas. Lá ele manteve a esposa presa no quarto enquanto ele, disfarçado com uma barba, seguiu o dr. Mortimer até Baker Street, depois até a estação e o hotel Northumberland. A esposa fazia alguma ideia de seus planos, mas tinha tanto medo do marido — um medo fundado em maus-tratos brutais — que não ousava escrever para avisar o homem que ela sabia estar em perigo. Se a carta caísse nas mãos de Stapleton, sua própria vida não estaria segura. Depois de um tempo, como sabemos, ela decidiu cortar as palavras que formariam a mensagem e endereçar a carta em uma letra disfarçada. Chegou ao baronete e deu a ele o primeiro aviso do perigo.

"Era essencial para Stapleton conseguir algum artigo do traje de sir Henry para que, caso precisasse usar o cão, ele pudesse ter sempre os meios para colocá-lo no seu rastro. Com a prontidão e audácia características, ele fez isso imediatamente, e não podemos duvidar de que o engraxate ou a camareira do hotel foram bem subornados para ajudá-lo. Por acaso, no entanto, a primeira bota que lhe caiu em mãos era nova e, portanto, inútil para seu propósito. Então ele a devolveu e conseguiu outra — um incidente muito instrutivo, visto que provou conclusivamente que estávamos lidando com um verdadeiro cão de caça, pois nenhuma outra suposição explicaria a ansiedade para conseguir uma bota velha e a indiferença para com a nova. Quanto mais bizarro e grotesco é um incidente, mais cuidadosamente ele merece ser examinado, e o ponto que parece complicar um caso costuma ser, quando devidamente considerado e tratado cientificamente, o que mais chances tem de elucidá-lo.

"Depois tivemos a visita de nossos amigos na manhã seguinte, sempre seguidos por Stapleton na carruagem. Pelo conhecimento que tinha de onde morávamos e da minha aparência, bem como por sua conduta geral, estou inclinado a pensar que a carreira criminal de Stapleton não tenha se limitado de forma alguma ao caso dos Baskerville. É sugestivo que durante os últimos três anos tenha havido quatro roubos consideráveis na região oeste, pelos quais ninguém foi preso. O último deles, em Folkestone Court, em maio, foi notável pelo tiro a sangue frio no mensageiro que surpreendeu o assaltante mascarado e solitário. Não duvido que Stapleton tenha remendado seus recursos dessa maneira, e que durante anos ele tenha sido um homem desesperado e perigoso.

"Tivemos um exemplo de sua presença de espírito naquela manhã, quando ele se safou de nós com sucesso, e também pela audácia ao me enviar meu próprio nome pelo cocheiro. Desde aquele momento ele entendeu que eu assumira o caso em Londres e que, portanto, não havia nenhuma chance para ele aqui. Ele voltou a Dartmoor e esperou a chegada do baronete."

— Um momento! — disse eu. — Você descreveu corretamente a sequência de eventos, mas há um ponto que deixou inexplicado. O que aconteceu ao cachorro enquanto seu dono estava em Londres?

— Pensei um pouco sobre esse assunto, que é, sem dúvida, importante. Stapleton parecia ter um confidente, embora seja improvável que ele tivesse compartilhando todos os planos com ele. Havia um antigo criado em Merripit House cujo nome era Anthony. Sua conexão com os Stapleton pode ser retraçada por vários anos, desde os tempos de diretor, de modo que ele provavelmente sabia que seus mestres eram marido e esposa. Esse homem desapareceu e fugiu do país. É sugestivo que Anthony não seja um nome comum na Inglaterra, ao passo que Antônio é bastante popular em todos os países espanhóis ou hispano-americanos. O homem, como a própria sra. Stapleton, falava bem o inglês, mas com um ceceio curioso. Eu mesmo vi esse homem cruzar o atoleiro de Grimpen pelo caminho que Stapleton tinha marcado. É muito provável, portanto, que na ausência do mestre tenha sido ele a cuidar do cachorro, embora possa nunca ter sabido o propósito para o qual a fera era usada.

"Os Stapleton voltaram, então, para Devonshire, onde foram logo seguidos por sir Henry e por você. Uma palavra agora sobre minha posição naquele momento. É possível que você se lembre de quando examinei o papel sobre o qual as palavras impressas foram coladas; fiz uma inspeção cuidadosa da marca-d'água. Ao fazer isso, segurei-o a poucos centímetros dos meus olhos e senti um leve cheiro conhecido como jasmim-branco. Existem setenta e cinco perfumes, e é importante que um perito criminal seja capaz de distingui-los. Mais de uma vez, casos dependeram desse rápido reconhecimento. O cheiro sugeria a presença de uma mulher, e já meus pensamentos começaram a se virar para os Stapleton. Assim, eu me certifiquei da existência do cão de caça, e agora deduzira o criminoso antes de chegarmos à região.

"Meu plano era observar Stapleton, mas era evidente que não poderia fazer isso se estivesse com você, pois ele estaria atento demais. Enganei a todos, portanto, inclusive você, e viajei em segredo fingindo estar em Londres. Minhas dificuldades não foram tão grandes, como você pode imaginar, embora tais detalhes insignificantes nunca devam interferir na investigação de um caso. Passei a maior parte do tempo em Coombe Tracey, e só usei a cabana na charneca quando foi necessário estar perto da ação. Cartwright fora comigo, e com seu disfarce de camponês ele me foi de grande ajuda. Dependia dele para comer e ter roupas limpas. Enquanto eu vigiava Stapleton, Cartwright vigiava você, para que eu pudesse manter a mão em todos os cordões.

"Já falei que seus relatórios me chegavam rapidamente, enviados instantaneamente de Baker Street para Coombe Tracey. Eles foram de grande utilidade para mim, principalmente aquela parte da biografia de Stapleton, que, por acaso, é verdade. Consegui descobrir a identidade do homem e da mulher, e finalmente desvendei a situação. O caso foi consideravelmente complicado com o incidente do fugitivo e o parentesco dele com os Barrymore. Isso também foi esclarecido de forma muito eficaz, embora já tivesse chegado às mesmas conclusões a partir de minhas próprias observações.

"Quando me descobriu na charneca, eu já tinha um conhecimento completo de tudo, mas não tinha nada que pudesse ser apresentado a um júri. Nem mesmo a tentativa de Stapleton contra sir Henry naquela noite, que terminou na morte do infeliz condenado, nos ajudou muito a provar o assassinato. Não parecia haver outra alternativa senão apanhá-lo em flagrante, e para isso tivemos que usar sir Henry, sozinho e aparentemente desprotegido, como isca. Fizemos isso e, ao custo de um choque grave para nosso cliente, conseguimos concluir o caso e levar Stapleton à destruição. A exposição de sir Henry àquele perigo é, devo confessar, uma censura à minha gestão, mas não podíamos ter previsto o terrível e paralisante espetáculo que a fera apresentou, muito menos o nevoeiro que lhe permitiu chegar a nós em tão pouco tempo. Conseguimos nosso objetivo a um custo que tanto o especialista como o dr. Mortimer me garantem ser temporário. Uma longa viagem pode permitir que nosso amigo recupere não só os nervos, mas também os sentimentos feridos. Seu amor pela senhora era profundo e sincero, e para ele a parte mais triste de toda essa situação desagradável foi ter sido enganado por ela.

"Resta apenas indicar o papel que ela desempenhou por todo o tempo. Não há dúvida de que Stapleton exercia sobre ela uma influência que pode ter sido amor ou medo, ou as duas coisas, uma vez que não são, de forma alguma, emoções incompatíveis. Era, pelo menos, muito eficaz. Ao comando dele, ela consentiu se passar por sua irmã, embora ele tenha descoberto os limites dessa influência quando tentou fazer dela cúmplice direta do assassinato. Estava pronta para avisar sir Henry da melhor forma possível, sem implicar o marido, e repetidamente tentou fazer isso. O próprio Stapleton parecia capaz de sentir ciúmes, e quando viu o baronete cortejando a dama, mesmo sendo parte de seu próprio plano, não pôde evitar a interrupção com uma explosão de emoções que revelou a alma ardente que sua maneira tão inteligente escondia. Encorajando a intimidade, ele garantiu que sir Henry visitasse Merripit House frequentemente e que, mais cedo ou mais tarde, tivesse a oportunidade que desejava. No dia da ação, no entanto, sua esposa se voltou subitamente contra ele. Descobrira alguma coisa sobre a morte do condenado, e sabia que o cão estava na casa na noite em que sir Henry os visitaria para o jantar. Ela acusou o marido do crime pretendido, e uma cena furiosa se seguiu, em que ele lhe mostrou pela primeira vez que ela tinha uma rival por seu amor. A fidelidade dela se transformou em um ódio amargo, e ele viu que ela o trairia. Amarrou-a, portanto, para que não tivesse nenhuma chance de avisar sir Henry, e ele esperava, sem dúvida, que quando toda a região atribuísse a morte do baronete à maldição da família, como certamente fariam, ele pudesse convencer a esposa a aceitar um fato consumado e ficar em silêncio sobre o que sabia. Nisso eu imagino que, de qualquer forma, ele fez um erro de cálculo, e que, mesmo se não estivéssemos lá, sua desgraça estaria selada. Uma mulher de sangue espanhol não tolera uma lesão assim tão facilmente.

E agora, meu caro Watson, sem me referir às notas, não posso dar um relato mais detalhado sobre esse curioso caso. Não sei se alguma coisa essencial ficou por explicar.

"Ele não podia assustar sir Henry até a morte como tinha feito com o velho tio.

"A fera era selvagem e estava esfomeada. Se a aparência não assustasse a vítima até a morte, pelo menos paralisaria qualquer resistência que pudesse ser oferecida."

— Só resta uma dúvida. Se Stapleton entrasse na linha de sucessão, como ele explicaria o fato de que ele, o herdeiro, estava vivendo com outro nome em um local tão próximo da propriedade? Como ele poderia reclamá-la sem causar suspeita?

— É uma dúvida formidável, e temo que você peça demais ao esperar que eu a responda. O passado e o presente estão no campo de minha investigação, mas o que um homem pode fazer no futuro é uma pergunta difícil de responder. A sra. Stapleton já ouviu o marido discutir esse problema em várias ocasiões. Havia três cursos possíveis. Ele poderia reivindicar a propriedade da América do Sul, estabelecer a identidade perante as autoridades britânicas de lá e, assim, conseguir a fortuna sem nunca vir à Inglaterra, ou então poderia adotar um disfarce elaborado durante o curto período de tempo que precisasse estar em Londres, ou, novamente, poderia fornecer um cúmplice com as provas e documentos, colocando-o como herdeiro, e reter uma reivindicação sobre alguma proporção da renda. Não podemos duvidar, pelo que sabemos dele, que teria encontrado uma saída para essa dificuldade. E agora, meu caro Watson, tivemos algumas semanas de trabalho duro, e por uma noite acho que podemos transformar nossos pensamentos em canais mais agradáveis. Tenho um camarote para *Les Huguenots*. Já ouviu falar de Reszkes? Posso, então, pedir para que esteja pronto em meia hora, de modo a passarmos no Marcini's para um jantar no caminho?